斬新THEどんでん返し

芦沢央 阿津川辰海 伊吹亜門
斜線堂有紀 白井智之

双葉文庫

踏み台

芦沢 央

Ashizawa You

Ashizawa You

芦沢　央

一九八四年生まれ。千葉大学文学部卒。二〇一二年、『罪の余白』で野性時代フロンティア文学賞を受賞しデビュー。一七年、『許されようとは思いません』で吉川英治文学新人賞候補、一九年、『火のないところに煙は』で静岡書店大賞受賞、山本周五郎賞候補、本屋大賞ノミネート。二一年、『汚れた手をそこで拭かない』が直木賞候補及び吉川英治文学新人賞候補となる。二二年、『神の悪手』で将棋ペンクラブ大賞文芸部門優秀賞受賞。他の著書に『カインは言わなかった』『僕の神さま』『夜の道標』など。

気づけば舞台袖にいて、メンバーたちと円陣を組んでいた。

「勝たなきゃザセツの意味がない！　あの日のナミダを吹き飛ばせ！　開けるぞ風穴《カザアナ》17！《セブンティーン》」

おなじみのかけ声に合わせているふりをしながら、状況を把握しようとする。これからライブ？　曲順《セトリ》は？

とにかく誰かに自分の異状を伝えなければと顔を上げた途端、前奏が流れ始めて、みんなが一斉に舞台へと飛び出した。

爆発するような光と音に、出てきてしまったということだけを理解する。

こんな曲は知らない。振付も立ち位置もわからない。こんな状態で舞台に立っていいはずがない。

必死に周りのメンバーの振りを見て手足を動かしながら、違う、と叫ぶように思う。

こんなの、私の実力じゃない。やめて、見ないで、違うの、待って——パァンッ！

乾いた破裂音に動きを止めて顔を向けると、大学の講義室の真ん中で迷彩服を着た男が銃を構えていた。

一拍遅れて甲高い悲鳴が上がり、咄嗟に椅子の陰にしゃがみ込む。警察に、とスマートフォンを出すと電卓になっていて、震える指で一一〇と押したらでたらめな数字が表示された。なんなのこれ。どうなってるの。早くしないと――

もう一度銃声が響いた。

転がるようにして駆け出し、講義室の出口へと向かう。逃げなきゃ、逃げなきゃ、捕まったら殺される！

なんとか外に出て男の位置を確認しようと首を捻った瞬間、まだ講義室の真ん中にいた男と目が合った。

反射的に身を翻す。見つかった、振り向いたりするんじゃなかった――走っても走っても上手く前に進めない。いつの間にか目の前には廊下があって、左側にいくつもの教室が並んでいる。

一番近くにあった〈6－1〉に飛び込み、ドアを閉めて鍵をかけた。助かった、と息を吐きかけたところで、隣にいた有加《ゆか》が息を呑む。

「みのり、前のドア！」

小さな机と椅子を蹴散らしてもう一つのドアへと向かうと、廊下に男の姿が見えた。男は血まみれの包丁を振り回していて、背中を切られた人が宙に手を伸ばしながら倒れる。

何人かが教室に駆け込んでくる。まだ逃げてくる人がいる。待たないと、と頭のどこかが思う。ここを閉めたら、あの人たちは殺される。だけど閉めなきゃ、あいつが来る。

あいつが私を見た。気づかれた！

力一杯、ドアを閉める。廊下から悲鳴が聞こえてくる。

「開けて！」

ドアのすぐ向こう側で上がった声を聞きながら、私は鍵をかけ、目をつむる。ごめんなさい、ごめんなさい、だって私は死にたくない――

ハッと目を覚ますと、見慣れた天井があった。

額にずれていたアイマスクを引き剝がし、早鐘を打つ胸を拳で押さえる。

浅く呼吸を繰り返しながらスマートフォンを見ると、〈3：13〉という数字の下にLINEの通知バーが出ていた。

中身を読んだら眠れなくなるかもしれないと思って見なかったことにしたのに、結局こんな悪夢を見て一時間半で起きているのだから、我ながら馬鹿みたいだ。

突然舞台に立たされてパニックになる夢も、殺人鬼に追いかけられて逃げる夢も、ここ最近何度も見ているものだった。

殺人鬼は客席で包丁を振り回す日もあれば、ショッピングモールで銃を撃ちまくる日もある。どの場合でも、様子をうかがったせいで犯人に目をつけられるのは同じで、けれど毎回、同じ間違いを犯してしまう。

ある意味ワンパターンなのだから夢だと気づいてもよさそうなものだが、夢の中では決して気づくことはできない。舞台上にいたはずがいつの間にか大学の講義室にいても、逃げた先がなぜか小学校の校舎でも、殺人鬼の武器が途中から変わっていても、おかしいとすら思うことはなく、ただひたすら生々しい恐怖だけがある。

自分でも呆れてしまうくらい、どうしてこんな夢を見るのかがわかりやすすぎる悪夢だけれど、二つ連続で見たのは初めてだった。

「メドレーかよ」

あえて声に出してつぶやき、ベッドから出て冷蔵庫へ向かう。

ミネラルウォーターのペットボトルに直接口をつけて飲み、重く痛む額を指の腹で揉んだ。

明日、というかもはや今日は、ライブだ。

きちんと睡眠を取っておかなければ身体がもたないし、肌にも悪い。

とにかくもう一度寝直さなければとベッドに戻ったものの、目を閉じると余計に鼓動がうるさくなった。

仕方なくスマートフォンを手に取り、LINEを開く。

新着メッセージ十二件。私の顔写真を使った洸平《こうへい》のアイコンの横に表示された数字に、内臓が下に引っ張られたように重くなる。

見たくない。読みたくもない。けれど指が、勝手に画面の上へ落ちる。

〈みのりの立場も考えずにごめん。だけど俺の気持ちもわかるよね？　俺だって、みのりが普通に返事くれるなら出待ちなんかしないよ。一度ちゃんと話がしたいです。会って話せば誤解だってわかると思う。返事待ってます〉

〈ていうか俺がおまえのストーカーとかおまえ自意識過剰だから俺が握手会に行ったのはあかりんのためだしそもそも俺がおまえのファンだったことなんて一度もないから〉

〈通知切ってんの？〉

〈返事ください〉

〈ごめん、怒った？　あかりんのファンなんて嘘だよ。でもみのりがわかってくれないから、わからせるにはこうするしかなかった。ちゃんと話そう。返事ください〉

〈こういうのが俺のダメなところだよな。傷つけて、本当にごめん。おまえはもう俺とは違うステージにいるつもりかもしれないけど、俺はみのりの踏み台になれたことを誇りに思ってるよ。俺が雀士になったのも、みのりをアイドルとして成功させるためだったのかもしれない。少しでもみのりの力になれたのなら嬉しいし、もしみのりが許してくれるなら、もう一度みのりのファンになろうと思ってます〉

〈返事くれ〉

〈返事くれ〉

〈返事くれ〉

〈おまえは無視し続けてればいいと思ってんのかもしれないけど、おまえに会いに行く方法なんていくらでもあるんだからな。明日のライブのチケットも取ってあるし。運営に相談したきゃしろよ。俺はおまえと付き合ってたことバラすから。アイドルなんか続けられなくさせてやる〉

〈返事しろ返事しろ返事しろ返事しろ返事しろ返事しろ返事しろ返事しろ返事しろ〉

〈なんでこんなことになったんだろう。俺はどこで間違えたんだろう。死んでもみのりを一番に応援しているよ。みのりと出会えて幸せでした。今までありがとう〉

画面を伏せ、長く息を吐く。

最後のメッセージが来たのが二時三十三分——やっぱり朝まで開かなければよかった。

どうせ洸平は、死んでなどいないのだろう。

推し変を匂わせては謝り、これまでの献身を押しつけては脅し、自殺をほのめかしてはこちらの反応をうかがう。どれも、何度も繰り返してきたことだ。

きっと朝になれば、また連絡が来る。

おまえは俺が死んでもいいと思ってるんだな、と返信がないことを詰《なじ》る。つらい苦しいさみしいと感情を撒き散らす。どうすれば許してくれるのかと懇願する。こんな冷たい人間だとは思わなかったと怒り出す。どのパターンも知っている。

もう、どうすればいいのかわからなかった。

洸平は、私が誰にも相談できずにいると思っているようだけれど、実のところ私は、とっくにマネージャーに相談していた。

「昔の知り合いがヤバいガチ恋ファンになって、付き合っていたなんて勝手な妄想を膨らませてストーカー行為をしてくる」という形で話し、助けを求めていた。

でもマネージャーは、それ、こないだの握手会で百枚出ししてくれた人だろ？　そういうファンは大事にしなきゃダメだよ、と言うだけで、対処してくれようとはしなかった。

アイドルなんてガチ恋ファンを抱えてナンボでしょ。他のメンバーだって、そういうのを適当に転がして数字出してんだよ。甘えたこと言ってると次の選抜で落ちるよ？本当に付き合ってたんならまずいけど、ただの妄想で金使ってくれるんだから大歓迎じゃん。

本当に付き合っていたのだと言うことはできなかった。

だって、そんなことがバレたら、私はグループを抜けさせられる。

大した結果も出せないまま規則違反でクビになったアイドルなんて、もう事務所も置いてはおかないはずだ。

そして私は——このままじゃ、結果を出すこともできない。

洸平が見ていると思うだけで、上手く笑顔が作れなくなった。ライブでも握手会でも、完璧なアイドルでいることに集中できなくなった。ファンの失望した顔を見るたびに、違うの、と叫びたくなった。違うの、待って、私はもっとちゃんとできるのに――

布団を頭からかぶり、身体を小さく丸める。

暗く、狭く、息苦しい空間の中で目をきつくつむると、何度も投げかけられた言葉がまぶたの裏に浮かんだ。

どうすれば許してくれるのか。

本当には謝る気など微塵もなく、ただこちらに許すことを強要するだけの言葉。

答えは一つに決まっている。

だったら、今すぐ死んでくれ。

洸平に出会ったのは、今から二年前。事務所には所属していたものの仕事もデビューの予定もなく、そろそろあきらめるべきなのかもしれないと考えながら大学に進学したばかりの頃だった。

本当は、大学受験を決めたときには辞めるつもりでいた。小学生の頃からアイドルとして成功するような子は、もうとっくにデビューしている。

ら歌やダンスや芝居のレッスンを受けてきて、三年間事務所に籍を置いていくつものオーディションに応募して、それでも道が開けないのだから、どう考えても見込みがない。

それでも惰性で続けてきてしまったのは、ただ夢を手放すのが怖かったからだ。

中学でいじめられていたときも、高校受験で第一志望の学校に落ちたときも、ずっと好きだった男の子が友達と付き合い始めたときも、私はいつかアイドルになるんだからいいんだと自分に言い聞かせてきた。

アイドルが昔いじめられていたというエピソードは、きっとファンに夢を与える。どうせ仕事で忙しくなってろくに通えなくなるだろうから、高校なんてどこでも同じだ。デビューしたらどこで噂になるかわからないんだし、恋愛なんてしない方がいい。

私にとって夢は、すべてを帳消しにしてくれる魔法の道具だった。

夢があって、そのために努力をしている限り、どんな嫌なことも未来のための伏線になった。

だけど本当は、夢を語って、人からすごいと言われるたびに、自分は未来から前借りをしているだけなのだと気づいていた。

この借りは、いつか返さなければならない。夢を叶えられずにあきらめた瞬間、魔法は解けて現実が戻ってきてしまう。

大学になんて真面目に通っている場合じゃないと苛立つ気持ちと、どうせアイドルになれる日は来ないのだから大学生活くらい充実させなければと焦る気持ちの両方があって、中途半端なまま入ったダンスサークルでも、私は結局、夢を自分の付加価値として使っていた。

みのりはかわいいしダンスも上手いから絶対にアイドルになれるよ、と言ってくれる人もいれば、ダンスはレッスンでプロに習ってるんだし他のことやった方がいいんじゃないの、と言う人もいた。最初はセミプロ気取りなのが目障りだという意味だろうかと思ったけれど、話を聞いてみると善意だった。

「ほら、アイドルって特技とか趣味とか求められるじゃん。ダンスは本業みたいなもんだし、何か他に目立てる趣味でもあった方がよくない？」

話の流れでどんな趣味がいいかを考えることになり、男の先輩の一人が出した案が、麻雀だった。

男が親近感を覚える趣味だし、みのりが実は麻雀が強いとなったらギャップもあるでしょ。知り合いにプロの雀士がいるから教えてもらうこともできるよ、と言われ、麻雀なんてやったこともないのにプロに時間を割いてもらうなんて申し訳ないと断ったものの、中学時代の友達だからそんなに身構えなくても大丈夫だと押しきられて会うことになった。

約束の日までの一週間、私は慌てて麻雀について勉強した。ルールや役を覚え、ネットで基本の考え方を調べ、麻雀のゲームアプリで対局を繰り返す。

先輩から聞いた下野《しもの》洸平という名前で検索すると、いくつもの動画がヒットした。

画面越しに見た第一印象は、若い、ということだった。

先輩の同級生なのだから二十歳は過ぎているはずなのに、線が細くて童顔だからか、高校生と言われても通りそうに見える。

いかにも雀士という感じのおじさんたちと同じ卓に座っている彼の姿は違和感を覚えるほどで、けれど牌を扱う手つきも、感情を悟らせない静かな表情も、リーチやツモを告げる少しハスキーな声も、とても同世代とは思えないくらい大人びていて、妙な色気があった。

インタビュー記事には、大学三年生でプロ試験に合格して以降は現役東大生プロ雀士として活躍していると書かれていて、どうしてプロ雀士になろうと思ったのかという質問には「なれそうだったから」と答えていた。

そんなこと言っていいんだ、と驚いた。

私は、どうしてアイドルになりたいのかと訊かれると、ダンスが好きだからだと答えてきた。夢中になれることをずっとやってこられたのが幸せだし、もっとやっていたいだけなんです、と。

だけど本当は、幼い頃からかわいい、アイドルみたいだと言われてきて、その気になったただけだった。

見続けることを許される夢の中で、アイドルが一番かっこよかった。目指しているだけですごいと言われる、夢らしい夢。

先輩たちに連れられて行った洸平の一人暮らしの部屋は、拍子抜けするほど普通だった。新しくもおしゃれでもない学生向けマンションで、ベッドとこたつと机と本棚だけで一杯になった八畳のワンルームは、サークルの一年生同士で宅飲みをしたときに入った男友達の部屋とほとんど変わらない。

動画では不思議な存在感とオーラがあった彼も、実際に会ってみるとどの学部にも一人はいそうな冴えない男にしか見えなかった。

スタイリングされていない伸びすぎた前髪も、Tシャツに描かれたドクロも、レンズが指紋で汚れた銀縁メガネも、はっきりとダサい。女慣れしていないことが明らかで、絶対に私と視線を合わせようとせずに年下相手にも敬語でボソボソしゃべり、私が顔を近づけると勢いよく上体を引いて距離を取る。

挙動不審な洸平と彼を笑う先輩の関係は、友達というよりいじめられっ子といじめっ子のそれで、私は夢を小さく壊された気分になった。夢を叶えて有名になっても、こんな扱いをされるままなのか。

だが、いざ麻雀を打ち始めると、洸平は一瞬にして画面の中で見た姿に戻った。

ものすごい速さで牌を揃え、私の分まで積んでセットしてくれる。親決めや禁止事項の確認も手慣れたもので、その迫力に押されるようにして今度は先輩が静かになった。

洸平は、一局を終えるごとに私の手牌を開き、打ち方を検証した。

これが入ったときにこれを切ったわけですが、こっちを切っていた方が手が広がりましたよ。

南家《ナンチャ》がリーチをしたときはこの並びでしたよね。捨て牌からして清一色《チンイツ》の可能性が高いし、こちらはどうせあがれても断么九《タンヤオ》のみのゴミ手ですから、ここはベタオリすべきです。

この三萬《サンマン》でロンしましたが、点数差を考えるとメンピンのみだと厳しいんで、僕ならあえて見逃して一気通貫《イッキツウカン》を狙います。

流れるように再現されて、なんで途中の局面までわかるんですか、と訊くと、どの順でどの牌を入れたかを覚えておけばいいだけです、と事もなげに答えられた。完璧には覚えられないにしても、少なくとも牌効率や押し引きの判断、点数計算ができるようにならないと、まぐれ勝ちしかできませんよ。

感想戦の途中で、先輩が「おい」と声を荒らげた。

「だからみのりはルールしかわかんねえって言ってんだろ。そんな専門的な話じゃなくてもっと基本から説明してやれよ」

「基本の話しかしてませんけど」

洸平は困ったように言い、一瞬だけ私の顔を見る。

視線が絡む直前に目を伏せ、それに、と続けた。

「高坂《こうさか》さん、ある程度のセオリーは知ってるでしょう。うろ覚えではあるようだけど、一応相手の手を読もうとはしてる」

わかってくれるのだ、と思った。頑張って勉強したことも、知識を使いこなせずにいることも、全部見透かされている。そして、とりあえずは流れを止めずに打てればいいだろうと、甘く考えていたことも。

ごめんなさい、と謝ると、洸平は不思議そうな顔をした。

「何について謝っているんですか」

「だって……こんなレベルで教わりに来たりして」

洸平は目をしばたたかせる。

「別にいいんじゃないですか。どうせ、本当に強くなりたいわけじゃなくて、趣味だと言っても恥ずかしくない程度にするのが目標なんでしょう」

耳たぶがカッと熱くなった。自分は、アイドルとしてのキャラ付けがしたいから、手っ取り早くそれらしく見せてくれとプロに頼んだのだと、今さらながら自覚する。

「おまえさあ、もうちょっと人の気持ち考えろよ」

先輩が眉を吊り上げた。

「なんでいちいちそうやって嫌味な言い方すんだよ」

「え？」

洸平は先輩と私を交互に見る。

「嫌味って、僕はそんな……」

「嫌な思いさせてごめんな、みのり」

先輩は聞こえよがしにため息をつき、私の頭に手を置いた。

「今日はもう帰るか」

有無を言わせぬ口調で言って、席を立つ。

これきりになってしまいそうな気配を感じて、私は咄嗟に口を開いた。

「あの、次までにはもっと勉強してくるので」

洸平は聞いているのかいないのか、うつむいている。

一拍置いて、先輩が笑った。

「みのりは真面目だなあ。そこがいいところだけど」

場の空気がわずかに和み、んじゃまた連絡するから、と先輩が洸平に一方的に告げたときだった。

「僕は自分の運なんて信じてないんです」

唐突に、洸平が言った。

「だから、運とそうじゃない部分を分けます。配牌《ハイパイ》からどうあがるか、そのために何を捨てるかしか考えません。正確に期待値計算をした上で裏目に出たのなら気にする必要はないし、勝つための最善を選んでツキに見放されたのなら、それは負けても正しい勝負だと思っています」

一体、何の話が始まったのかわからなかった。

洸平は、えっと、だから、と視線を泳がせる。ぎこちなく顔を上げ、初めて私の目を見て、言った。

「高坂さんがやっているのも、僕は正しい勝負だと思います」

帰り道、もう一人の先輩が意味ありげな目配せをして帰り、二人きりになったところで、私は先輩から告白された。

「もっと仲良くなってから言おうと思ってたのに、みのり、かわいすぎんだもん」

先輩は、元々私との距離を縮めるために今日の場を用意したのだと、本当は言うつもりなどなかったのに白状させられたという体で打ち明け、照れくさそうに頭を掻いた。

先輩のことは、私も前からかっこいいなと思っていた。

ダンスが上手くて、サークルでもみんなから慕われていて、狙っている子が何人もいる先輩。先輩の彼女になることはサークルにおいて一種のステイタスだし、女の扱いも大学生らしい遊びもよく知っているだろう先輩と付き合えば、きっと楽しい。けれど私は、ペースを崩されるくらい好きなのだというアピールまで上手いなと考えてしまうくらいには冷静で、頭の中には洸平の言葉ばかりが響いていた。

洸平とどうこうなる未来など、少しも描けていなかった。

でも、少なくともここで先輩と付き合ったりすれば、きっともう、その可能性は完全になくなる。

私は、洸平とまた会う口実を作るためだけに、先輩からの告白の返事を保留した。そして、三回目の麻雀教室で洸平の連絡先を入手した帰りに先輩に断りの言葉を告げ、先輩が立ち去るのを待ってから洸平の部屋へと戻った。

先輩からの告白を断ってきたのだと話したのは、洸平が先輩に対してコンプレックスを抱いていることを知っていたからだ。

恋愛感情じゃなくてもいいから、洸平と付き合いたかった。恋愛経験などまるでなさそうな洸平が、キスやセックスをするときどんな表情をするのか見てみたかった。

洸平は、誰にも二人の関係を話さないことを条件にして、私の告白を受け入れた。

付き合い始めの頃、私たちはたしかに幸せだったと思う。

私は洸平が語る勝負哲学のようなものを聞くのが好きで、洸平は私を愛おしそうに抱きしめながら、俺、自分には運とかないと思ってたけど、みのりと付き合えるなんて世界一ツイてるな、としみじみ言った。

洸平の言葉は、麻薬のようだった。

こんなに話が合う人間に初めて会った。何の目標も持たずに漫然と大学に通ってるような他のやつらとは全然違う。仕事でアイドルの子に会ったことがあるけど、あんな中身が空っぽな整形女、どこがいいのかわからない。みのりの魅力に早く気づけよ馬鹿どもがって思うのに、俺だけが知ってるのも嬉しくて困る。

洸平が出場した大会をインターネット配信で観ているときの私の気持ちも、同じだった。

私の彼氏は、こんなすごい場所でひりつく勝負をしている。自分を魅力的に見せるための術ばかり身につけた他の男なんか比べものにならない。この人のかっこよさをみんなにも思い知らせたいけど、理解できるのは私だけだとも思う。

関西で大手ホテルチェーンを経営しているという洸平の両親が、洸平が選んだ道を認めていないらしいことも、私の心をくすぐった。

私の両親はずっと私の夢を応援してくれていたけれど、大学に入学してからは、そろそろいいんじゃないの、と言うようになっていた。やるだけやってダメだったんだから、あきらめもついたでしょう。いいかげん現実を見ないと、と。

洸平は、見返してやればいいんだよ、と静かに言った。意地でも夢を叶えて、あなたたちの言う通りにしなくてよかったたって言ってやればいい。

洸平はどうやって親を見返すのと訊くと、俺は麻雀だけで食っていけるようになるよ、と迷わず答えた。賞金だけじゃ厳しいけど、雀荘とか麻雀教室で働いたり雑誌に原稿を書いたりして生活してる人はそれなりにいるし、Mリーグに入れれば年俸ももらえる。うちの親は、俺が一人じゃ何もできないと思ってるから自分の会社に入れようとしてくるんだよ。だから俺は、そんなの必要ないことを証明してみせる。

洸平と話していると、夢の輪郭がどんどんクリアになっていった。

これまで惰性で受けていたレッスンにも身が入るようになり、ついにチャンスを摑んだのは、洸平と付き合ってから半年が経って十九歳の誕生日を迎えたばかりの春。オーディション番組で最終選考に残り、アイドルグループ〈風穴17〉の一員としてのデビューが決まった。

私は嬉しいよりも、夢の前借りを返せることにホッとして号泣したし、洸平も一緒に涙を流して喜んでくれた。

やっと洸平に追いつけた、と私は思った。これからはお互いプロ同士として、刺激し合いながらより高みを目指していけるのだと、そう無邪気に信じていたのだ。

だが、〈風穴17〉が深夜帯ではあるものの冠番組を持てるようになり、ライブでも三千人くらいのハコなら即日で埋められるようになった頃から、私たちはすれ違い始めた。

レッスンやライブの準備や番組の収録やイベントで精一杯で、洸平と会う時間が作れなくなった。私が握手会でファンの手を握ることや、グラビアで際どい格好をすることに、洸平が抵抗を示すようになった。みのりは俺のものだってわからせてやりたいと言うようになり、そんなことをしたら私クビになっちゃうよ、とわざと冗談にして流すと、みのりは俺よりアイドルでいることの方が大事なんだなと暗い声でつぶやいた。なんで今さらそんなことを言うのかわからなかった。私が夢を叶えたらどうなるかくらい、最初からわかっていたはずだ。

洸平はトップリーグから陥落し、そこからさらに不安定になっていった。

翌朝早くに撮影があるから泊まりはできないと説明してから部屋に行っても、いざ帰ろうとすると「帰るなら付き合っていることをバラしちゃおうかな」と脅してくる。

突然髪を切って茶髪にし、店員に薦められるまま買ったのだという服で家に現れ、どう、見違えたでしょ、と笑いかけてくる。

握手会で握手券を百枚まとめて出して普通のファンのようにライブの感想を言い、後で二人になってから、俺気づいたんだよね、俺が握手券をたくさん出せばみのりに無理させなくて済むって、と真顔で言う。

そのたびに私は洸平を宥め、褒め、好きだよと言い続け、けれど洸平はどんどん私の知らない人間になっていった。

私が最初に別れを切り出したのは、洸平が私が寝ている間に勝手に撮った裸の写真を週刊誌に持ち込むと言ってきたときだ。

もう無理だ、と心底思った。

これ以上は、付き合いきれない。

洸平はすぐに謝り、その場で写真を消した。それでも私が信じられないと言うと、別れるのをやめてくれるなら、これまでに二人で撮った写真やLINEのやり取りをすべて削除するから、と懇願してきた。

私はとにかく証拠を残したくない一心で洸平の要求を呑み、その後連絡を取るときは必ず電話にして、洸平と一緒に寝るのはやめるようになった。

二度目に別れたいと告げたのは、一度目からひと月経った頃だ。

本当に限界だった。会う前から帰り方を考えていることにも、隠し撮りをされていないか警戒しながら触れ合うことにも、何より彼に失望してしまう自分に疲れ果てていた。

洸平は「ここまでしたのにまだ疑うのか」と激昂し、壁を殴って穴を開けた。私は洸平が自分がしたことに驚いている隙に部屋から逃げ出してタクシーに飛び乗り、その日はホテルに泊まった。

すぐに洸平の電話番号を着信拒否にし、ぞっとするくらい大量の謝罪メッセージには一通も返さず、マネージャーに相談して引っ越した。

ＬＩＮＥをブロックしなかったのは、マネージャーから、連絡の手段を一つは残しておかないと爆発するかもよ、と言われたからだ。

私も、洸平がどういう状態でいるのかわからない方が怖かった。家の中でゴキブリを見つけたら、目を離せなくなるのと同じだ。見たくもないのに、視界から消したらどこに行ったかわからなくなって余計に怖くなるから、位置を確認し続けてしまう。

幸か不幸か、洸平も表立っては問題になるようなことはしてこなかった。ＬＩＮＥは一方的に送りつけてくるものの、運営に対して何かを言ってくることはない。出待ちはするけれど、注意されればすぐに帰る。

あくまでも自分の立場が危うくならない一線は守りながら、ただひたすら私に対してプレッシャーをかけてくる。

洸平は、私と人気が同じくらいの灯里《あかり》のファンとしてライブや握手会に出入りするようになり、これからも応援してほしいならヨリを戻せと迫るようになった。灯里のグッズで身を固めて灯里の列に並び、灯里に握手券を百枚出しして、私の反応をうかがってくる。

それが私には一番効く「お仕置き」だと思っているのだろうが、私は、心底推し変してほしかった。

あなた一人いなくなっても、私は何も問題ない。だから早く、私のことはあきらめてほしい。

だが、洸平のその行動は彼の思惑以外のところで、私にもっと現実的な問題を突きつけてきた。

表向きは灯里のファンである彼を、私が出禁にしてもらうわけにはいかなくなったのだ。

今日のライブにも、洸平は来るのだろう。

灯里のTシャツを着て灯里のタオルを首に巻き、灯里のイメージカラーであるミントグリーンのペンライトを振って——私を見る。


「そういや、おまえらどっちか髪切れよ」

プロデューサーの五木《いつき》がふと思い出したように言ったのはライブの反省会が終わって解散した後で、その言葉にすべてが表れていた。

私と灯里のキャラがかぶっていること、五木はどちらが髪型を変えてもいいと思っていること、そして、そもそもそこまで私たちに興味を持っていないこと。

十七人いる私たちのグループで、五木が目をかけているのはセンターの有加と、せいぜい一列目のメンバーくらいだ。

「ていうかさあ、こんなこと俺に言わせてる時点でダメだよね。他のメンバーと並んだときに自分がどう見えるかくらい、少し考えればわかるでしょ」

「すみません」

私と灯里の声が重なった。

「いやだから双子かっての。ただでさえあだ名が似てんのに、二人して麻雀好きアピールしだすわ髪型までドかぶりだわ、マジで何考えてんの？　何も考えてないのか」

質問に答える前に完結され、何も答えられなくなる。

だが、ここで二人して黙り込んだらますます五木に呆れられる気がして、考えてます、と言おうとすると、一拍早く、灯里が「考えてます」と口にした。

「ツインテールだと有加とかぶるし、ポニーテールだとりっちゃんとかぶるし、おろしっぱはゆうちゃんとかぶるし、ショートは似合わないから……」

左耳の下で一つに結んだ巻き髪をいじりながら言う灯里の声が、少しずつ萎《しぼ》んでいく。

ちなみに私は右耳の下で一つ結びだ。ぎりぎり完全なお揃いではなくアシメではあるが、当然ここでそう主張すれば余計に怒られるだろう。

「それが負け犬根性だって言ってんの。なんでわかんないかなあ。センターとかぶる方がまだマシでしょ。有加と同じ髪型の子って認識される可能性だってあるんだし」

「じゃあ」

「有加より目立てる自信があるならだけどね」

続けられた言葉に、灯里が口を噤《つぐ》む。

「そもそもおまえら危機感がねえんだよ。来月には『ガラスの靴』最終だぞ。そこんとこわかってる？」

『ガラスの靴』は、私たちのデビューのきっかけとなった番組だった。

約一万人の応募者から書類選考で約百人に絞り、一次選考で約五十人、二次選考で約三十人と減っていく様をドキュメンタリー風に放送していくオーディション番組で、放送時間は、毎週日曜の二十三時半から三十分。

最終的には五人しか残れず、私たち〈風穴17〉は、ファイナルで落ちた人間を集めた敗者復活企画で結成されたグループだった。

当初は予定されていなかったが、次のオーディションの準備が遅れて何らかのコンテンツを作る必要ができたため、急遽第一期の落選者の中でも視聴者人気が高かった十七人に期間限定でチャンスを与えることにしたらしい。

ファイナル放送回は拡大枠で、深夜〇時に落選して魔法から覚めた元シンデレラたちが泣いて悔しがる姿を十五分流した後、突如〈風穴17〉の結成決定が告げられた。

元は場つなぎ的な企画だったが、これが意外と話題になった。

視聴者は挫折した人間を観るのが好きなのか、そこから這い上がるというコンセプトは十分にコンテンツになったのだ。

第二期のオーディションがファイナルを迎えるまでの間にデビューシングルで結果を出せなければ解散、という条件で戦うことになり、なんとかして条件はクリアしたものの、今度は第二期のファイナル落選者と十七人の枠を争うことになった。

選抜の基準は、個別握手会での獲得握手券枚数。

先発が残るのか、それとも後発が席を奪い取るのか――メンバーたちは、さすがにこれは先発組が有利だろうと話していたが、認識が甘かった。後発組はオーディションを勝ち抜いていく様子を毎週放送されてきたばかりのホットな存在で、彼女たちがアイドルとして活動する姿を見たいと考えるファンは想像以上に多かったのだ。

第一期だった私は、〈風穴17〉結成時の人気順位は三位だったものの、第二期が入るときに十一位まで落ちた。そのまま流れを変えるきっかけを作れず、今も十位前後をうろちょろしている。

灯里は第二期に入ってきて、当時の順位は五位。今の位置は、やはり私と同じくらいだ。

このままでは、二人とも第三期に残れるかどうかはギリギリだろう。

「とにかく、来週までにどっちか髪切ってこいよ」

五木は吐き捨てるように言うと、私たちの返事も待たずに去っていった。

置き去りにされた私たちの間に、冷え冷えとした沈黙が落ちる。

灯里とのキャラかぶりは、私自身気にしていたことではあった。五木に言われるまでもなく、なんとかしなければならない。

「灯里、ショートも似合うと思うけど」

私が口火を切ると、灯里は「みのりちゃんも似合うと思いますよ」と言い返してきた。

「ていうか私の方が先にデビューしていたんだから、後から勝手に真似してきたのは灯里だよね？」

「別に真似なんかしてないですよ。髪型はこれが一番私に似合うからだし、麻雀を趣味にすることにしたのもファンのリクエストだから」

私は言葉に詰まる。

そうなのだ。

灯里が麻雀好きを公言し始めたのは、洸平が灯里の握手会で百枚出ししてからだ。十万円を注ぎ込んで手に入れた十六分四十秒の間、洸平は自分がプロの雀士であることを話し、灯里はすごい、かっこいいと洸平を褒めちぎったらしかった。

洸平は麻雀好きアイドル枠を奪えば私のファンも奪えるかもしれないとほのめかし、灯里はその提案に早速乗った。

翌日に出たバラエティ番組の生放送で、「最近麻雀にハマってて」と言い出したのだ。

「そもそもみのりちゃん、最近全然麻雀の話しないじゃないですか。もう使わないなら私が使ったってよくないですか？」

私はデビュー当初はよくトークで麻雀の話を口にしていたものの、洸平と別れてからは触れられなくなった。洸平が聞いていると思うと、言葉が出てこなかった。喜ばれたくない。恩を着せられたくない。勘違いされたくない。

そして、私が座れなくなった椅子に、灯里が座った。

「来週の麻雀イベントだって、みのりちゃん断ったんでしょ？」

「もしかして、灯里が出るの？」

「出ますよもちろん。新規ファンを獲得できるかもしれないし」

灯里は小馬鹿にするような目を私へ向け、「あ、もしかして後輩にチャンスを譲ってあげようってことですか？　気づかなくてすみません」とわざとらしい営業スマイルを浮かべる。

洸平は怒ってたよ、と言ってやりたくなった。

あんた麻雀好きなふりしてるけど、どうせろくに打てないんでしょ。役の名前すら覚えてないのに麻雀好きを名乗るとか、馬鹿にしてんのかってＬＩＮＥしてきたよ。

言えるはずのない言葉を飲み込み、意識的にどうでもよさそうな顔を作って、ふうん、と相づちを打つ。

するると灯里は、まるで私が考えたことを見透かしたように、目を細めた。

「あのみのりちゃんのファンだった人も、私に譲ってくれたじゃないですか」

「誰のこと？」

素知らぬ顔で聞き返すのが精一杯だった。

「もう忘れちゃったんですか？　洸平くん、かわいそう」

灯里は芝居がかった仕草で口元を押さえる。

「ああ、あの人ね」

私は灯里から顔を背け、今思い出したように言った。

「普通、自分のところに来なくなったら忘れるでしょ。推し変なんて珍しい話じゃないし」

「でも洸平くんは、まだみのりちゃんのことが好きですよね」

「へえ」

私は、ちゃんと動揺していない声が出せているだろうか。

「だって、握手会でも私が目の前にいるのにみのりちゃんの方ばっか見てるし、麻雀とみのりちゃんの話しかしないし」

「そうなんだ」

声が上ずりそうになるのを、なんとか堪える。

灯里と話す時間のために十万も使っておいて馬鹿じゃないの。そう思うのに、腹の底がわずかに疼《うず》いた。なんだこれ──気持ち悪い。

「前にみのりちゃんが引っ越すことになった原因のファンって、洸平くんなんでしょ？」

言葉が、すぐには出てこなかった。

私は乾いた唇を懸命に開く。

「だから何」

「別に私は、握手券注ぎ込んでくれるならそれでいいんですけどね。だけど、屈折してるなあって」

「で、灯里ってどのくらい麻雀できんの」

私は無理やり話題を戻した。

「あのイベントに出るってことは、かなり自信があるんでしょ？」

「え？」

「灯里、第一期の凜《りん》ちゃんがサッカーファン怒らせて炎上したの知らないの？」

私の言葉に、初めて灯里の表情が強張る。

「炎上って？」

「簡単な話だよ。別に好きでも詳しいわけでもないのにキャラ付けのために好きなふりをしたのがバレて、サッカーファンから総スカン食らったの」

こんなの八つ当たりだというのは、自分でもわかっていた。だけど、言わずにいられない。

「そりゃそうだよね。自分が好きなものに土足で踏み込んできて、アイドルの立場利用して選手ともしゃべる機会もらって、そんで本人はただのキャラ付けのためで大した勉強もしてないなんて、新規ファンになるどころかむしろアンチになるでしょ」

「……だから、みのりちゃんはイベント断ったんですか」

「だってあのイベント、自分も打つやつじゃん。私は一時期結構勉強してたけど、それでもネット麻雀が多いからリアル打ちだと多面待ちとか混乱しがちだし、点数計算間違えたりするし」

仕事を受けたことを後悔すればいい、と思った。怖がって、余計に上手くできなくなって、炎上してしまえばいい。

そう思って初めて、私はずっと灯里を憎んできたのだと気づく。

それは、単にキャラがかぶっているからだけではなかった。

私より麻雀を知らないくせに、その席に座っていること。そして――洸平と麻雀の話で盛り上がっていること。

私は、こうなってもなお、あの頃の洸平が好きだった。

哲学を持っていて、自分の戦い方を知っていて、運以外の部分を磨き上げていくことで運をも引き寄せていく、かっこよくて眩しい、私に進むべき道を示してくれた洸平。

だけどもう、あの洸平は、私のもとへは帰ってこない。

「まあ一度受けた仕事を蹴るとかはできないだろうし、今からでも勉強するしかないんじゃないの」

白い顔で固まっている灯里を眺めながら、ああ、そうだ、と虚ろに思った。

私はもう長い間、願っていた。

どうせ帰ってこないのなら、消えてしまえばいいのに、と。

「ねえ、みのりちゃん」

黙り込んでいた灯里が、小さくて形がいい唇を震わせるようにして声を出し、私を上目遣いに見た。

「私に麻雀、教えてくれませんか」

「は？」

「ほら、明後日は夕方から二人ともオフでしょ？　私、ホテルの部屋取るし、麻雀の勉強合宿とかいってインスタにも上げたら、少なくとも頑張って勉強してるんだってことは伝わると思うんですけど」

「なんで私がそんなことに付き合わなきゃいけないの」

「だって、私一人じゃどこから勉強したらいいのかもわかんないし」

「私だって、最初は自分一人で勉強したよ。ネットで調べれば、基本のルールとか考え方とか解説してるサイトがいくらでもあるでしょ」

灯里がうつむく。

私は、はあ、とため息をついた。これじゃあ、私が意地悪をしているみたいだ。

「まあ、おすすめのサイトくらいは教えてあげるから……」

「洸平くんを出禁にしてほしいって、私から運営に頼んでもいいですよ」

灯里が私を遮って言った。

「みのりちゃん、困ってるんでしょ？」

ほんの一瞬、心が動いた。けれどすぐに、無駄だと気づく。

「灯里が頼んでもどうにもならないよ」

「どうしてですか？　ストーカーだって言えば運営だって」

「私も言ったけど何もしてくれなかったから」

「んー、やっぱり事件でも起きない限り運営は動かないのかなあ」

「ちょっと」

不吉なこと言わないでよ、と言おうとした瞬間だった。

灯里、ホテル、インスタ、事件——バラバラの言葉が繋がって、急速に一つの像が浮かび上がる。

ごくり、と喉が鳴った。

——これは、使えるんじゃないか。

腹の中心を内側から叩かれているように、鼓動が全身へ広がっていく。

上手くいくとは限らない。だけど失敗しても、特に失うものはない。

私は高揚が顔に出ないように気をつけながら、しょうがないなあ、と肩をすくめてみせた。

「一回だけだからね」

「え、いいんですか？」

灯里が顔を輝かせる。

「ありがとうございます！」

「でもあんたの部屋選びじゃ心配だし、ホテルの予約は私がやるから」

私は、調子のいい後輩にほだされた先輩になりきって苦笑しながら、頭の中で計画を練り始めた。

計画はシンプルで、その分確実性は低いものだった。

私と灯里の二人で「麻雀勉強合宿」をし、その様子をインスタでアピールすることで、泊まっているホテルをわざと洸平に突き止めさせるのだ。

洸平と別れて以来まったく麻雀の話をしなくなっていた私がまた麻雀の勉強を始めたとなれば、洸平は私の心境の変化を期待するだろう。

今までにも何度も出待ちをしては追い返されているくらいだから、運営も警備員もいないプライベートで会える絶好のチャンスだと考えるかもしれない。

そして私は、忘れ物を取りに帰るとでも言って、洸平が来る前にホテルから離れる。

洸平は灯里に対しては何もしないだろうが、ファンがホテルの部屋にまで押し入ってきた時点で大問題になるはずだ。ガチ恋ファンは良い金づるだと考えている運営側も、さすがに対応しないわけにはいかなくなるに違いない。

洸平は警察に捕まり、すべてのライブとイベントで出禁になる。

その後になって、洸平が本当は私と付き合っていたのだと言い出したところで、もはや誰も信じないだろう。客観的には、いろんなアイドルに一方的な妄想を抱いて危険な行動を取る頭のおかしいファンにしか見えないのだから。

問題は、どうやって洸平にホテルの部屋を突き止めさせるのか、だった。

私が直接洸平に場所を伝えれば確実性は増すけれど、逮捕された洸平にそのことを話されてしまう。私が否定したとしても、だったらどうやって居場所を知ったのかという疑問が残り、私が灯里を陥れるためにやったのだと結論づけられかねない。

インスタで匂わせるにしても、あまりあからさまだと、事件の後に責任を問われることになる。

ほとんどの人には意味がわからず、洸平にだけかろうじて伝わり、多くの人にそんな些細な情報から居場所を突き止めるなんて異常だと思わせられる塩梅——だが、勝負をしていると知っているのは私だけだ。今回がダメでも、また別の機会を作ればいい。

都内のホテルを調べ続けて見つけたのは、和室が一室しかないシティホテルだった。駅から五分ほど離れているものの、近くに雀荘がある。

雀荘の看板を写真に撮ってインスタで投稿すれば、洸平ならどの街にいるのか突き止められるだろう。そしてホテルに着いたら、和室であることが伝わるような写真をアップする。

今時、和室のあるホテルはそう多くないし、そもそも一つに絞り込ませる必要もないのだ。むしろ、洸平が何カ所ものホテルに空き状況を問い合わせたことが後からわかった方が、洸平の異常さが際立つのだから。

「あ」

私は事前に調べてきた雀荘の前で足を止めると、偶然気づいたようなそぶりで看板を指さした。

「見て、雀荘がある」

「え、どこですか？」

灯里が私の指先に顔を向ける。

「ほら、あのビルの二階」

予め場所を知っていなければ気づかないような、小さな看板だった。〈フリー麻雀セット歓迎　お一人様、初心者、女性の方もお気軽にどうぞ！〉黄色地に赤字で書かれた看板は毒々しく、お気軽にと言われても気軽に入る気にはなれない。

「へえ、こんなところにあるんですね」

灯里はしみじみとつぶやいた。

私はスマートフォンを取り出して写真を撮る。

「こういうのインスタに上げたら麻雀好きっぽくない？」

「いいですね」

灯里もつられたようにスマートフォンを構えた。

「でも二人して上げたら、またかぶってるって言われますかね」

「いいよ、灯里が上げて」「イベント近いんだし」

私は譲る形で看板から離れ、「その代わり、ホテルの部屋での投稿は私がするからね」とさり気なく言う。

「灯里もちゃんと私に教わってるってアピールしてよ」

灯里は「それはもちろん」と慌てたようにうなずいた。

「ていうか、みのりちゃんがこんな面倒見がよかったなんて意外です」

「意外って何」

「あ、すいません」

「まあ、あんたが炎上すると私までとばっちりを食らいかねないし」

あえて純粋な善意ではないことを伝えると、灯里はかえって安心したように、ほんとありがたいです、と言ってへらりと笑う。

少しだけ良心が痛んだが、最終的に行動を起こすのは私じゃない、と思うと気が楽になった。洸平さえ変な気を起こさなければ、どれだけ舞台が整っていようと、何も起こらないのだ。

チェックインして和室に入ると、私は早速、昔麻雀を勉強したときに作ったノートを見せた。

「まず最低限覚えておかないといけないのは、ルールと役。観客からは牌の切り方も見られてるから下手なのはごまかせないけど、チョンボとかしたら目も当てられないから、最初はとにかく何らかの役がついているかを意識して、むやみに鳴かないようにすること」

「えっと、ちょんぼって何ですか」

「そこから?」

私は額を押さえる。

「よくそんなんで麻雀好きだなんて言おうと思ったね」

「だって、一応アプリではやったことがあるし……」

「まあ、たしかにアプリだとチョンボできないようになってるけど」

かくいう私も、いまだに点数計算が曖昧なのは、ネットでは機械が自動的に計算してくれるからだ。

点数計算ができない限り、順位を意識した手作りをすることはできないとわかっているが、もはやそこまでして麻雀が強くなりたいとも思えない。

「じゃあ、とりあえずそのアプリやってみて」

私が言うと、灯里はスマートフォンを取り出し、麻雀アプリを立ち上げた。私は、たどたどしい手つきで対局を始めた灯里の写真を撮る。

「え?」

「私がアピールしてあげる」

有無を言わせぬ口調で言ってインスタを開いた。

〈#今日はあかりんとデート #ホテルのお部屋で一緒に麻雀勉強中〉

タグを書き込んで写真と一緒に灯里に見せる。

「この写真でいい？」

「んー、もう一回撮ってもらってもいいですか？」

灯里は畳に姿勢を正して座り直し、カメラを意識した横顔をスマートフォンに向けた。

私は角度を変えて何枚か撮り、その中の一枚を今度こそ灯里の許可をもらって投稿する。

「あ、私もさっきの写真上げとかなきゃ」

灯里は対局を始めたばかりのアプリをあっさり閉じ、今度は慣れた手つきでインスタの投稿を作り始めた。

「これでいいですかね？」

灯里に見せられた写真には、ばっちり雀荘の名前が写っている。

〈#ホテルの近くで雀荘を発見　#ドキドキ　#みのりんといっしょ〉

「いいじゃん」

声が上ずりそうになった。

――これなら断然、洸平もホテルを特定しやすくなる。

普段なら、もう少し考えて投稿しないとダメだよ、と注意するところだった。現在地が推測できるような投稿したりしたら危ないでしょ。少なくともその場を離れてから投稿するようにしないと。

だが、今回ばかりは灯里の危機管理能力の低さに感謝しなければならない。これなら、洸平が来たことが問題になって原因を追及する流れになっても、私が責められることはなくなるはずだ。

灯里の投稿には、瞬く間にいいねがついていった。

灯里は〈あかりんは十七歳なんだから入っちゃダメだよ〜〉というファンからのコメントに〈そうなの、ガマン〜〉とリプライを返している。危うい子だな、と改めて思った。

SNSでのファンサービスは、たしかに固定ファンを獲得しやすい方法だけれど、その分距離感がバグったファンを作りやすい。

こういう子なんだと思うと、さらに気持ちが楽になった。これなら、どのみちいつかは危ない目に遭ったかもしれない。むしろ、本当は灯里のファンではないから危険もない洸平に居場所を特定されたことで気をつけるようになるのなら、かえって彼女にとってもいいことなんじゃないか――

「そういえば、みのりちゃん夕飯はどうします？」

灯里は言いながら、ホテルのルームサービスのメニューを引き寄せた。

「外に食べに行ってもいいけど、部屋で食べる方が周りの目を気にしなくていいですよね」

「そうね」

私はメニューを覗き込むふりをしながら、そっと唇を舐める。

「結構美味しそうだし、それもありかも」

本当は、灯里が外で食べたいと言い出したら、今日はルームサービスにしようと提案するつもりだった。洸平が来たときに灯里がいないんじゃ、話にならない。だが、灯里の方から言い出してくれるとは都合がいい。

なんだか、神様が味方してくれているような気がした。

ツモるそばから、手が整っていく。

役満《ヤクマン》をアガるときは、こういう感じなんだろうな、と思った。まるで、このまま先へ進めと導かれているような――だけど、ここからが肝心だ。

居場所がわかる投稿をしてしまった以上、いつ洸平が来るかもわからない。すぐにホテルを突き止めたとしても洸平の家からは二、三十分はかかるはずだが、たまたま近い場所にいたという可能性もなくはないのだ。

私は「じゃあ、もうコンタクト外しちゃおうかな」とひとりごちながら、立ち上がった。鞄の前にしゃがみ込み、手を突っ込んで掻き回してから「あれ」とつぶやく。

「やだ、メガネ忘れちゃった」

「え、みのりちゃん裸眼どのくらいですか」

「〇・一以下」

「あーそれはきついですねえ」

灯里が間延びした声を出した。

「私は裸眼でもそこそこ平気だから貸してあげたいですけど、さすがに度が合わないかなあ」

「ごめんね、ちょうど始めるところだったのに」

私は顔の前で手を合わせる。

「ちょっと家に戻って取ってくるから、その間にノート見て勉強してもらっててい い？」

疑問形にはしたものの、嫌だと言われることはないだろうと思っていた。

寝る前にコンタクトは外したいと思うのは当たり前のことだし、実際私は裸眼では何もできない。簡単に買えるものなら近くで買ってくればいいという話にもなるだろうが、メガネではそうはいかない。

だが、灯里は「そしたら泊まるのやめます？」と首を傾けた。

「え？」

「お泊まりだからメガネが必要になるんでしょ？　だったらこのまま夜まで勉強会して、寝る前に帰ればよくないですか」

「それじゃ」

意味がない、と言いそうになるのを、慌てて飲み込む。

「もったいないじゃない。せっかく部屋取ったのに」

「えーでも、基本だけでも教えてもらってからじゃないと時間が無駄になっちゃいますよお」

灯里は、MCでいじられて拗《す》ねたふりをするときのように、頬を膨らませた。

「一人でノートだけ見てても、頭に入ってこないし」

私のノートをパラパラとめくり、そうだ、と顔を上げる。

「とりあえず、先に二、三局見てもらえません？　それでアドバイスがもらえたら、みのりちゃんがいない間も有意義に勉強できると思うんですけど」

「でも」
二、三局を終えるのに、どのくらいの時間がかかるだろう。もし、その間に洸平が来てしまったら――
「……ちょっと目が乾いてて、早くコンタクト外しちゃいたいから」

「あ、そうなんですか？　それならしょうがないですけど」

「ごめんね、できるだけ早く戻れるようにするから」

私は内心で胸を撫で下ろした。

とにかく早く、私はこの部屋を離れなければならない。

「じゃあ」

「そしたら私も買い物行ってこようかなー」

灯里が立ち上がって、私の腕に手を絡めた。

「一緒に駅まで行きましょうよ」

「なんで」

「なんでって、そう言えば私も替えの下着忘れちゃったからコンビニに買いに行っときたいなって」

下着——それじゃ私のを貸すとも言えない。

「よかったら私帰りに買ってくるけど」

「大丈夫ですよ。ついでに飲み物とかアイスとかも買いたいし」

灯里が鞄を引き寄せ、中からサブバッグを取り出した。

私は、財布やスマホをサブバッグに移し替える灯里を見下ろしながら、拳を握りしめる。

——どうすればいいのだろう。

洸平が来たときに、部屋に灯里がいなければ意味がないのに。

「あ、その前にちょっとトイレ」

灯里が、私の脇を通り抜けてトイレへ向かった。

私は立ち尽くしたまま、何か方法はないか、と自問する。

灯里をこの部屋に留めた上で、私だけが離れられる方法——

水が流れる音がして、灯里が出てきた。サブバッグを肩にかけ、私を振り返る。

「すいません、じゃあ行きますか」

「待って」

思わず、灯里の手首をつかんでいた。

「みのりちゃん?」

灯里が怪訝《けげん》そうな声を出す。

「どうしたんですか? なんかさっきから変ですけど」

「ごめん、メガネあった」

「え?」

「今鞄の中を改めて見たら、奥の方に入ってたの」

本当は、今日はメガネは持ってきていない。忘れたと言ったときに中身を全部出して探しましょうと言われたら厄介だなと思って、わざと置いてきたのだ。

だけど、こうなったら作戦を変更するしかない。

「お騒がせしちゃってごめんね。急いで出かける必要もなくなったから、買い物も後にしよう」

答えを待たずに部屋の奥へと戻った。

「じゃあ、対局するところ見せて」

座布団の上に座り、隣に灯里を促す。灯里は腑《ふ》に落ちないような顔をした。

「目が乾くから早くコンタクト外したいんじゃ……」

「ああ、うん。一緒に目薬も見つかったから。点《さ》したら楽になった」

灯里は目をしばたたかせ、一拍置いてから小さく笑う。

「なるほど」

サブバッグを鞄の横に置き、私の隣に来た。

「そしたら、始めますね」

麻雀アプリを立ち上げ、コンピュータとの対局を始める。

私は横から覗き込んでいるふりをしながら、横目でスマホの画面を確認する。投稿してから二十五分――洸平が本当に来るとしたら、もういつ来てもおかしくない。

こうなったら、かかってきた電話に出るふりをして一方的に部屋を出るしかないだろう。ルームキーも財布も持たずに出て行けば、私の戻りが遅くても灯里は部屋を空けられないはずだ。

「あ」

声を出しながらスマートフォンを手に取る。ごめん電話、と言おうと、口を開きかけた瞬間。

コン、コン。

ノックの音が響いた。

毛穴から一気に汗が噴き出した。

首が強張って動かせず、目だけで室内を見回す。

まさか、こんなに早く――

「はーい」

灯里が、呑気な声を出しながら席を立った。

「どちらさまですかー」

テトテトと、力の抜けた歩き方でドアへ向かう。

「ちょっと灯里」

「俺だけど」

ドアの外から、聞き覚えがある声がした。

どん、と心臓が大きく跳ねる。

「俺？」

「あ、灯里ちゃん？　えっと、洸平です。あの、そこにみのりがいると思うんだけど」

灯里が、私を振り向いた。

私はガクガクと震える首を横に振る。

「ダメ、開けないで」

灯里はドアと私を見比べるようにしてから、私の方へ戻ってきた。

「みのりちゃん、洸平くんと約束してたの？」

「するわけないじゃない」

「だったら」

「インスタの投稿。あれを見て場所がわかったんだと思う」

こんなはずじゃなかった。

この計画は、灯里だけがいるところに洸平が来るから意味があったのだ。二度と洸平に会いたくないから、こんな回りくどいことをしたというのに――

「なるほど、特定厨《ちゅう》ってやつですか」

灯里は、妙に落ち着いた声音でつぶやいた。

ホテルの電話の受話器を持ち上げ、大きく息を吸い込む。

「あの、今不審者が部屋に来て」

灯里は突然、泣き出しそうな声でまくし立て始めた。

「怖い、助けて！」

「みのり？　そこにいるんだろう？」

洸平の声に、内臓がぎゅっと縮こまる。

「あれは、俺へのメッセージだよね？　俺、やっとみのりが俺と会う気になってくれたんだって嬉しくて……」

両手で耳を塞いでも、べたついた声が指の隙間から滲むように入り込んでくる。

「大丈夫ですよ」

灯里はいつの間にか電話を切っていた。私の背中に手を当て、あやすように撫でる。

「すぐにフロントの人が来ます」

言いながら立ち上がり、私の腕を引いた。

そのまま私を奥の部屋へ連れて行き、座らせる。

「隠れててください」

聞き返す間もなく襖が閉じられ、襖に手を伸ばした次の瞬間、ドアが開く音が聞こえた。

「みのり！」

ドア越しではない声に、全身がすくむ。

なんでドアが――

「きゃあああ！」

突然上がった甲高い悲鳴に、複数の足音と「取り押さえろ！」という声が重なる。

「違う、俺はただ話をしにきただけで……」

洸平の声が途切れ、激しい物音が続いた。いくつもの怒鳴る声がぐちゃぐちゃに混じって、少しずつ遠ざかっていく。

何が起こったのかわからなかった。

状況を把握しようとするのに、頭が上手く働かない。

「大丈夫ですか」

襖の向こう側から聞こえた男性の声に、かすれた悲鳴が漏れた。

「ホテルの者です。男は取り押さえて連れ出しましたので、もう心配いりません」

「みのりちゃん！」

襖が開き、涙で顔をぐしゃぐしゃにした灯里が飛びついてくる。

「こわ、かったあ」

灯里は泣きじゃくりながら、「あの人、いきなり中に入ってきて……」と声を震わせた。

灯里の後ろには、ホテルの制服を着た人たちが何人もいる。その中の男性の一人は、私たちから数メートル離れた場所で頭を下げた。

「不審者の侵入を許してしまい、誠に申し訳ございません。今、警察もこちらに向かっていますので」

それだけを告げるとこちらに背を向け、他の従業員たちに指示を出し始める。

女性の従業員がおずおずと近づいてきた。

「よろしければ、別のお部屋にご案内させていただきます」

「ありがとうございます」

灯里が彼女の手を取り、ふらついた足取りでついていく。私は腰が抜けて立ち上がれず、女性二人に抱きかかえられるようにして、三つ上の階のスイートルームへ移った。

窓際の椅子に座り、意識的に深呼吸を繰り返す。従業員から渡されたお茶のペットボトルをつかんだが、手が震えてキャップを開けられず、代わりに開けてもらってなんとか口元に持っていった。

唇から溢れたお茶を手の甲で拭う。

――上手くいったのだ。

自分に言い聞かせるように、言葉にして考えた。

当初の予定とは違ったけれど、洸平は狙い通りこの部屋に来たし、捕まった。

これで洸平は、私たちのすべての活動で出入り禁止になる。洸平の言葉は、信憑性を失う。

警察に被害届を出せば、接近禁止命令を出してもらうこともできるだろう。

私はもう、洸平に怯えなくていい。前みたいにまた、自分の実力を出しきれるようになる――

従業員の一人が、私たちの前にしゃがみ込んだ。

「今、ブランケットを取ってまいります。他にも何か必要なものがありましたら」

「あの、ちょっと二人にさせてもらえますか」

灯里が遮って言う。

「とにかく少し落ち着きたくて……」

失礼しました、と従業員はすばやく身を引いた。

「それでは、部屋の前にスタッフを立たせておきますので、何かありましたらお声がけください」

数秒してドアが閉まる音が響き、部屋の中が静かになった。

灯里が、長くため息をつく。

「あーびっくりした」

あっけらかんとした声だった。

ぎょっとして目を向けると、灯里は「さすがにいきなり腕をつかまれるとは思わなかったわ」と言って、汚れを払うように腕をはたく。

「……灯里？」

「そうだ、警察に事情を聞かれる前に話をすり合わせとかなきゃですよね。私はノックの音を聞いて、ホテルの人が何かの用事で来たのかと思ってドアを開けてしまった。あいつに部屋に押し入られて、慌ててフロントに電話した。怖かったけど、すぐにフロントの人が来たから何もされてはいない。いいですか？」

この子は何を言ってるんだろう。——話をすり合わせる？

「上手く言えそうになかったら、全部わからないって答えてください。ずっと奥の部屋にいたから何も見てないし、何も覚えてないって」

「え？」

「あーもうしっかりしてくださいよ。自分で計画したことじゃないですか」

びくりと、肩が跳ねた。

灯里は気だるそうに前髪を掻き上げる。

「みのりちゃん、あの人をおびき出すために、わざと和室取ってインスタにも写真上げたんでしょ」

なんで、という言葉が出てこなかった。けれど灯里は、だって不自然ですよ、と唇を歪める。

「麻雀教えるのだって最初は断ってたのに、私が事件でも起きない限り運営は動かないって言った途端に引き受けてくれたし、自分が部屋予約するとか言い張るし、雀荘の写真投稿させようとしてくるし、部屋は和室だし、投稿したらすぐにいなくなろうとするし」

灯里はペットボトルの蓋をあっさり開け、ごくごくと飲んでテーブルに置いた。

「むしろ、これで気づかないと思われてたなんて心外なくらいです」

――最初から、気づかれていたのか。

「わかってたなら、なんで協力してくれたの」

「恩を売っておけば、みのりちゃんが髪切ってくれるかなって」

灯里は、涙でメイクが崩れた顔で、にっこりと笑う。

「……それは、いいけど」

答える声が、喉に絡んだ。

考えてみればたしかに、灯里の行動は私の計画にとって都合が良すぎた。そして私が灯里を置き去りにしようとしたところから、急に上手くいかなくなった。

灯里が計画に乗ってくれるつもりでいて、でもさすがに一人で洸平と対峙するのは避けたいと考えていたのなら、説明がつく。

だが、まだわからないことが残っていた。

「だったら、どうしてドアを開けたりしたの」

出禁にするためなら、ホテルの部屋まで来たというだけで十分なはずだ。

「んー」

灯里はわざとらしく小首を傾げる。

「念には念を？　みたいな」

「それにしたって危ないでしょ。相手はホテルの部屋まで突き止めて来るような男なんだし」

「まあ、あの人の狙いはみのりちゃんなんだし大丈夫かなって——てのは、無理があるか」

灯里の声が、一段低くなった。

私は息を詰める。

灯里は、先ほどまでとは違う笑みを浮かべていた。その、吸い込まれるような瞳の光に、目が縛りつけられる。

「覚えてます？　そもそも合宿しようって言い出したの、私なんですよ。インスタに上げようって提案したのも——事件を起こせばあの人を出禁にできるってほのめかしたのも」

「……どういう意味？」

灯里もまた、洸平には手を焼いていたから出禁になるようにしたかったのだろうか。

だけど灯里は、握手券を注ぎ込んでくれるならそれでいいと言っていたはずだ。

灯里は洸平が私に執着していることは知っているんだし、洸平に推されるのはメリットしかなかったはずなのに——

「だって、みのりちゃんが言ったんじゃないですか」

灯里は、唇を尖らせた。

「ろくに麻雀を知らないくせにイベントに出たりしたら、炎上するって」

顎の脇で巻き髪をくるくると回す。

「そんなの知らなかったし、今からなんとかするなんて絶対無理だし、やっぱり出たくないなんて言っても怒られるだけだし、あーマジで最悪だわって思ったところで、思いついたんです。——雀士である洸平くんに襲われたとなったら、麻雀イベントを休んでも許されるんじゃないかって」

灯里は顎の下に手を当て、完璧なアイドルの笑顔を作った。

「しかも、このことがニュースになったら知名度も上がるじゃないですか」

ざらりと内臓を素手で撫で上げられるような気持ち悪さが、腹の底から込み上げてくる。

ふいに、洸平の言葉が蘇った。

『俺はみのりの踏み台になれたことを誇りに思ってるよ』

勝手な被害妄想を抱かないでほしいと思っていた。

『みのりは俺よりアイドルでいることの方が大事なんだな』

今さらそんなことを言わないでほしいと思っていた。

私はただ、やっとつかみかけたチャンスを活かしたかった。

アイドルになれただけでは返せない借りを、誰が見ても成功しているアイドルになることで返したいだけだった。

だけど――これでは、本当に洸平が踏み台になってしまう。

洸平の夢に反対していた親は、洸平を地元に連れ帰ろうとするだろう。

洸平はもう、プロの雀士として生活していくことはできないだろう。

洸平の夢が叶う日は、永遠に来ない。

ドアから、ノックの音が響く。

警察です、という声に、灯里がすばやく立ち上がった。

――一体、どこまで夢を叶え続ければ、人の夢を踏み台にした借りは返せるのか。

ドアを開ける灯里の背中を、私は呆然と見つめる。

ドアの向こう側は、暗くてよく見えなかった。

おれ以外のやつが

阿津川辰海

Atsukawa Tatsumi

Atsukawa Tatsumi

阿津川辰海

一九九四年生まれ。東京大学卒。二〇一七年、光文社の新人発掘プロジェクト「カッパ・ツー」により『名探偵は嘘をつかない』でデビュー。以後、二二年までミステリ・ランキングの上位を席巻。また二〇年（『紅蓮館の殺人』）、二一年（『透明人間は密室に潜む』）、二二年（『蒼海館の殺人』）と三年連続で本格ミステリ大賞候補となる。他の著書に『星詠師の記憶』『入れ子細工の夜』『録音された誘拐』、共著に『あなたへの挑戦状』など。

1

「それでは、本日の受賞者である、紅森晃彦《くれもりあきひこ》先生のご登壇です！」

八月某日。盛夏の候のこと。ホテルの宴会場で開催されているパーティーには、大勢の関係者が詰めかけていた。作家、編集者、取材陣。

おれは首から提げた一眼レフカメラを構える。

壇上には、二人の男が並んでいた。

それも、そっくり同じ顔が二つ。

紅森晃彦とは、双子のコンビ作家のペンネームである。年齢は四十歳前後、デビューから十年。脂の乗り切った時期だった。

兄は紅林晃司《くればやしこうじ》。デビューまでは会社勤め。いかにも人好きのする爽《さわ》やかな笑みを浮かべて手を振っている。自分のカメラ映りを知悉《ちしつ》した振る舞い。コンビにおける担当は、プロットの作成、取材への回答と発表されている。

弟は紅林彦二《ひこじ》。彼は電動車椅子に座って、微笑みを浮かべているが、どことなくぎこちない。十二年前に交通事故で下半身を負傷した。その事故が、コンビで作家を組むきっかけになった。コンビにおける担当は、ただひたすらに、執筆とのことだ。

晃司がマイクの前に立った。

「この度は、ミステリー作家として非常に名誉ある賞をいただきまして誠にありがとうございます。おかげさまで反響がすごくて、『洛陽の紙価を高からしむる』とはよく言ったもので……」

取材陣の中でも、笑ったのはおれを含めて二割程度だった。

隣の席に座った羽鳥九苑《はとりくえん》から小突かれる。彼はおれの耳元で囁《ささや》いた。

「水野《みずの》さん、今先生、なんてったの」

羽鳥は同僚で、大手出版社の雑誌編集者である。ミステリー小説を特集するということで、今回は取材のために来た。おれは同じ出版社のカメラマンとして働いていて、羽鳥についてきた。

「洛陽の紙価を高からしむる。故事成語で、著書がよく売れるさまを意味する言葉だ。左思《さし》という人物がある本をしたためたとき、それを人々がこぞって書き写して、紙の値段が上がったって話だ」

「はああ、言われてみりゃあ昔の言葉っぽいね。からしむる、か」

「紅林は言葉を大事にする作家だな。応援したくなってきた」

「そりゃよござんした。にしても水野センセーは、変な言葉をよく知ってるね」

「センセーはやめてくれ」おれは苦笑する。「たとえば、そうだな。日本には四季があり、雲や雨一つとっても、それを表す言葉が無数にある。おれはカメラマンとして、言葉を愛しているだけだ」

「カメラマンだからこそ、言葉を、ねえ」

「写真の題に悩んだら、辞書か歳時記を引く。それが案外近道だ。そうしているうちに、他の言葉にも詳しくなる」

「へいへい」羽鳥は苦笑した。「じゃあ、今日もいい写真撮って、得意の言葉を生かしてステキなキャプションつけてくれよな」

聞いてきたのはそっちだろう、とおれは鼻白む。

晃司は堂々とスピーチを続ける。彦二は何やら不満そうな顔つきで、ゆっくりと頷く仕草を繰り返した。晃司が語る作品のねらいや、創作時のエピソードを一つ一つ追認しているようでもあるし、何か口を挟むのを我慢しているようにも見える。

最前列で彼らを見守っているのは、紅森の担当編集者、F社の多根井《たねい》である。誇らしそうな顔で、双子の作家を見つめている。

同じく最前列で無遠慮にシャッター音を響かせているのは、晃司の恋人、川越梨衣《かわごえりい》だ。ドレスで着飾って、煌《きら》びやかな装いだった。晃司に「パーティーの間はおとなしくしていろ」と声をかけられていたが、やはり静かにはしていられなかったようだ。

おれはカメラのファインダー越しに、紅林兄弟の姿を捉える。じっくりと彼らを観察した。何より重要な作業だった。

これからおれは、紅林彦二を殺さなければならないのだから。

2

「綺羅《きら》君。次の相談は七月の第二週でどうですか？」

経営コンサルタントの麻倉《あさくら》から電話があった。

おれから麻倉に相談したいと申し入れているわけではない。あくまでも麻倉に主導権がある。

なぜなら、麻倉は殺し屋稼業の仲介者だからだ。

おれの本名は「水野」で、カメラマンの仕事をしている。しかし、おれには裏の顔があった。殺し屋である。

その時に名乗っているのが、「綺羅星也《せいや》」という名前だった。糸を自在に操り、人を殺す。鋼鉄線、ピアノ線、テグスなど、糸なら何でもお手の物だ。切断、絞殺など、用途に応じて使い分けている。それが得意技だ。

オフィス街のビルの一室に、麻倉は経営コンサルタントとして事務所を構えており、表向きはコンサルト業務に励んでいる。しかし、彼の裏の顔を知る者の「相談」を時折受注し、おれのような殺し屋に発注する、という仕組みだ。

麻倉はいつもの部屋におれを招いた。

おれは部屋に入ろうとして、ガッと引き戸を引いた。だが半分くらいしか開かず、力を込めてもそれ以上開かなかった。

「すみません」と麻倉は言った。「一週間前からこの調子でね。建て付けのせいか、全開にならなくなってしまったんですよ」

「ふうん。不便なこったな」

おれは体を斜めにして部屋の中に入った。

「しかし、こんな部屋を置いている理由は、他の事務員にはなんて説明してるんだ。防音性が高いのは結構だが、窓一つなくて、扉もまともに開きませんんじゃ、あまりにも不便で陰気だろ」

「他の商談にはあまり使えません」麻倉は平板な声で言った。「まあ、あなたのように、プライバシーをここまで重視する客もいる、と言えば、案外納得してくれるものです」

麻倉は突然、大きなくしゃみをした。

「この部屋、埃《ほこり》っぽいんじゃないの。これ、良かったら使えよ」

ビルの前でもらった、ポケットティッシュを投げる。近くに出来たジムの広告で、どぎつい黄色のビラが目に毒だった。

「ありがたく、使わせてもらいますよ」麻倉が鼻をかんだ。「あなたも随分、ここの常連になってしまいましたね。いいんじゃないですか、ジムなんか」

「馬鹿言え。体は自分で鍛えてるよ。だが、あんたの言う通りだ。いつの間にか、受付の女の人と顔なじみになっちまったよ」

「向こうも思っているのでは。ああ、あの薄暗い部屋の客か、とね」

「それってまずいんじゃないの」

「いざとなれば、殺せるでしょう？　あなたなら」

「頼まれない殺しはやらん。やるなら、あんたの依頼ってことで頼むぜ。もっとも、あんたに代金が払えるかは知らないが」

おれへの依頼料は一千万円、前金で五百、成功報酬でもう半分をもらうことになっている。うち一割が仲介役の麻倉の懐に入る。

「……あまり、見くびられては困りますね」

麻倉はムッとした顔つきをして言った。

「あんたとも、これで十回目の仕事か。なかなかいいペースだな。成功の回数はそのまま信頼の厚みに置き換えられる。あんたとは、いい友達になれそうだ」

フン、と麻倉は鼻を鳴らした。

「なんだ？」

「いえ、噂に聞いていた通りだ、と思いましてね」

麻倉は首を振った。

「殺し屋、綺羅星也はプロの殺し屋と呼ぶには感傷的に過ぎる。あなたの表の顔――カメラマンという職業が、そういう気持ちを起こさせるんですか？　風物写真や自然がお好きのようだから」

「おれは日本政府の御意向に従って、せっせと副業に勤しんでいるだけだぜ」

おれが皮肉を言うと、麻倉はようやく笑った。

「いくらなんでも、殺し屋は想定していないと思いますがね」

「まあ、誰がどんな噂をしようと関係ない。おれの有能ぶりは、これまでの仕事で重々分かっているはずだ」

おれは勢い込んで言った。

「それで、次の依頼は？」

麻倉は疑わしげな目でおれを見てから、手元の資料に視線を落とした。

「今度のターゲットは、作家の先生です」

彼は雑誌の切り抜きをおれの方に投げてよこした。

「現在ある顔写真のデータはそれだけです」

「おいおい、あんたにしては下調べが足りないんじゃないの？　白黒で、画質もそんなに良くないし」

「仕方ないでしょう。つい先日まで顔出しNGにしていたコンビ作家なのですから。その記事の写真が唯一の写真なのですよ」

「へえ、先日まで、ねえ。どうしてまた急に顔を出すことになったんだ？」

「その記事は『ミステリー作家協会賞』という受賞記念のコメント記事です。雑誌に掲載されたものですね。この賞は、業界内ではかなり大きな賞らしいですから」

「ははあ、その賞を取ったことで、よほど作家として自信がついたか、話題性のために顔を出さざるを得なくなったか。環境に大きな変化があったってことだな。で、どっちが作家先生だ？　この写真、二人写っているが」

「双子のコンビ作家です。珍しいでしょう？　左が紅林晃司、右が紅林彦二です」

写真のキャプションの表記も、麻倉が言った通りだった。

〈晃司氏と彦二氏の顔はよく似ていて、互いに区別をつけるのは難しかった。左に座る「晃司」には「左」目の下に泣きほくろが、右に座る「彦二」には「右」目の下に泣きほくろが見えるのが、かろうじて区別出来る特徴と言えるだろうか〉

「二人のペンネームは、林が重なって『森』、一文字ずつとって、『晃』『彦』ということで、紅森晃彦です」

「なんだか似通っててややこしい名前だな」

「今はともかく、晃司と彦二の区別を頭に叩き込んでもらいましょう。今回のターゲットは彦二です」

おれは顎を撫でた。

「依頼人は？」

「依頼人に関する情報は秘匿事項です。我々は、依頼人の素性も動機も問わない。何度も説明をさせないでください」

へいへい、とおれは受け流した。

依頼人の名前や素性については、仲介役の麻倉だけが把握することになっている。実際にこの部屋で面談をして、殺しの依頼を聞き取り調査するのだ。

その依頼人の情報をおれが知ってしまうと、依頼人とおれの間で、まずい人間関係が生じる恐れがある。端的に言えば、おれが脅迫者に転ずる可能性がある――それを心配しているらしい。おれはそこまで人品卑しい人間ではないと自認しているが。

しかし、依頼人は教えられない、動機は関係ない、といっても、毎回、おれは自分の好奇心が疼《うず》くのを止められない。人が人を殺す動機を――殺人を依頼する動機を――知りたいと思ってしまう。そういうところが、麻倉に指摘される、おれの「感傷」というやつなのかもしれない。

「ともかく、おれは誰かさんの依頼で、彦二を殺せばいいわけだな。期日や殺し方の指定は？」

依頼人によっては、『納期』を定めてきたり、殺し方を指定してきたりする場合がある。特定の記念日に殺すこと、特定の手段を用いることに意味があるとかは、依頼人の動機を推認するのにいい根拠になる。

「約一カ月後の木曜、『ミステリー作家協会賞』の授賞パーティーが都内のホテルで催されます。そのパーティーで、晃司と彦二は初めて公の席に顔を出す、ということです。さっき渡した受賞コメントの記事の写真しか、今は顔出ししているものはありませんからね。

それで……依頼人は、そのパーティーの日の夜中に殺してほしいそうです。殺し方ですが、事故死に見えればなんでもいいと」

「ふうん、随分急な話だな。でもまあ、承った」

「頼みましたよ、キラボシさん」

俺は顔をしかめた。

「だから、『綺羅、星の如し』が正しい。綺羅という言葉は美しい衣服を指す。美しいものを二つ並べたたとえだ。栄華を極める様子を意味する。それが誤用されてキラボシ

「何回も聞きましたよ。どうしてあなたがそこまでこだわるのか分かりませんがね」

「綺羅、星也、と苗字と名前に分ければ、正しい意味を覚えられるじゃないか。おれの名前を知れば、日本語に一つ詳しくなれる。それは素敵なことだろう?」

「殺し屋の言葉とは思えませんね」

麻倉はそう言ってため息をつくと、自分の仕事——表向きの仕事に戻った。

3

おれは依頼を受けた日から、下調べに明け暮れていた。

カメラマン、水野は取材で外出していることになっている。ある程度自由が利くのも、この職業のいいところだ。アリバイ作りのための写真は、既に何枚も撮ってある。

依頼から一週間後、出版社の知り合いを通じて、打ち合わせのため紅林兄弟がF社に出向く日取りを突き止めた。おれは、さっそくF社の清掃業者を調べ、清掃員として潜り込んだ。

授賞パーティーの二週間前。F社での打ち合わせ当日、おれはあらかじめ仕掛けておいた盗聴器をF社を見渡せる車内で傍受した。そこでおれは、兄弟間の人間関係とパワーバランスを探っていった。

兄弟と編集者の三人が、おれが盗聴器を仕掛けた会議室に入って来た。ほどなく打ち合わせが始まる。

『このたびの受賞はわが社としても素晴らしいことで……ぜひ先生方には、次回もうちで、あの探偵コンビの作品を書いていただければと』

低姿勢でへつらっているのが音声のみでも分かるこの男は、二人の担当編集者である多根井氏だ。

『無論、いいネタがありますよ。あれなら推理小説の歴史に残ること間違いなしだ。何せ、ありふれたトリックを違った見せ方で演出することで……』

調子のいいことを言って、快活に答えるのは、晃司の方らしい。

『ネタだけあっても、最終的には俺が形にしないといけないんだからな。兄さんはいつも、人の苦労のことは考えない』

ネガティブにぼやきを漏らしたのは、彦二のようだ。

『悪い悪い、いつも感謝しているよ。でも、頼まれていた短編は書き上がったって、この前言ってただろ？　それなら取り掛かれるんじゃないか』

『出来なくはないけどさ……』

彦二は拗《す》ねた子供のような声で答えた。

会話を聞く限り、彦二の方がコンビ関係に不満を抱いているように見える。しかし、殺されるのは彦二の方なのだ。

あるいは、編集者が作家に秘密を握られていて、殺害を依頼したのかもしれない。おれの妄想はますます膨《ふく》らんだ。

会議室の中で、携帯の着信音が鳴る。

『兄さんじゃないの、電話』

『げ。梨衣からだ。また今日も呼び出されるのかな。確か今日、嫌いな上司との面談があったはずだから、荒れてると思うんだ』

『……仲が良さそうで結構な事じゃないか』

彦二の受け答えに妙な間があった。そこで、おれの妄想はさらに膨らんだ。ははあ、どうやらその『梨衣』という女は、今は晃司の彼女のようだが、実は昔、彦二の女だったのではないか？　それを恨んで……というところまで考えて、それでは彦二の方に兄を殺す動機が生じることに気付いた。

悩ましい。おれはますます首を捻《ひね》ることになった。

打ち合わせが終了すると、コンビ作家は一人の男と一緒にF社のビル前に出てきた。男は担当編集者の多根井だろう。大型のタクシーがやってきて、後ろに電動車椅子ごと彦二を乗せ、晃司は助手席に座った。電動車椅子は横に七十センチ、縦に百二十センチほどのサイズで、かなり大きいのだが、彦二が手元のハンドルでさばいていて、その動きはよどみがなかった。

おれは車でそのままタクシーを追跡し、彼らの家を突き止める。

こういう下調べをしていると、自分の仕事は、私立探偵のそれとほとんど変わらないのではないか、と思えてくる。

彼らの家は、高級住宅街の一画に立つ、セキュリティーシステムが入った一軒家だった。

それからパーティーまでの約二週間、彼らの行動パターンを調べるため、おれは尾行を続けた。セキュリティーシステムの点検を装って盗聴器を設置、自宅の中も観察した。

結果的に分かったことはいくつかある。

まず晃司だが、彼は意外にも、作業のパターンが規則的だった。暑い中、毎朝九時に家を出て、ノマドワーカー用のコワーキングスペースに向かい、十七時まできっかり執筆をする。これは会社員時代の習慣で、今でもそうしていないと落ち着かないらしい。

逆に言うと、朝と夕方のコワーキングスペースへの出入りを監視していれば、晃司の尾行はそれで足りた。

一方の彦二だが、彼には驚かされた。バリアフリー化された自宅の中で、毎日のように作家仲間や自分の友人を招いて、昼間から飲酒に明け暮れている。くだんの賞の受賞記念、ということのようだが、参加者と交わした会話を盗聴する限り、普段からのふるまいであることが察せられた。

つまり、世間一般に示された双子の間の役割分担は、実は全く逆だった。

彦二がプロットやアイデアの担当、晃司が執筆の担当だった。

毎日のように会社員のごとく文章を紡ぐ晃司の苦労の程は、涙ぐましいほどだった。彼の進捗は時間で完全に管理されていた。おまけに、販促用の見本刷りを読んで、推薦文を寄せるなどの仕事も、全て晃司が請け負っていたのだ。これは晃司が催促の電話を取っているのを聞いて分かった。「彦二に伝える」と彼は答えていた。そうした見本刷りを読む時間は、帰宅して彦二の夕食を用意してから、寝る前に捻出していた。一方の彦二は遊び惚《ほう》けているというのに、呼びつけた作家仲間にも、「君らを帰した後で、夜に書いているんだ」とうそぶいているのだ。

おれは半ば、晃司という男のファンになりつつあった。執筆も殺しも地道な作業であるという点に、シンパシーを感じたのかもしれない。

しかし、なぜ彼らは、互いの役割を表向きには逆に告げる奇妙な生活を送っているのだろうか？

その真相は知れないまま、おれはパーティーの当日を迎えた。

4

紅林兄弟と選考委員のスピーチが終わると、会場は「ご歓談」に入った。おれは羽鳥にくっついて、パーティー会場を回遊することになった。

紅林兄弟の前に、作家や編集者が列を成している。

「こういうパーティーではな」羽鳥が言う。「とにかく受賞者に挨拶するもんさ。それがノルマと言ってもいい。お仲間連中とだべるのもよし、料理をむさぼるのもよしだが、どこかのタイミングでノルマは絶対にこなさなくちゃならない」

「羽鳥さんはもう行ったんですか？」

「いの一番に済ませてきた。おかげで、あとは好きなように料理にありつけるよ。ここの寿司はなかなかうまいんだぜ」

賞のバックに大きな出版社がついているからか、会場は豪華で料理のレベルは高かった。寿司はその場でオーダーをとって、カウンターから出してくれるらしい。

「じゃ、おれも挨拶して、ついでに一枚、撮らせてもらうようにしますよ」

「おう、そうしてもらえ。彦二には嫌がられるかもしれんが、全身の写真をちゃんと撮っておくんだぞ」

羽鳥の謎めいた忠告を聞き流しながら、おれは挨拶待ちの列に並んだ。

もちろん、「カメラマン・水野」としてこの場に潜入しているのは、あくまでも正体を隠して情報を収集するためだが、怪しまれずに対象に接近出来る機会は貴重である。

三十分ほど待たされて、ようやくおれの順番が来た。

「紅林晃司さん、彦二さん、このたびはおめでとうございます。記念に一枚、よろしいですか」

名刺を差し出しそう声をかける間も、彦二は無言で酒を飲んでいた。愛想笑いをしながら頷いては見せるが、いかにも気難しい作家という風情である。

「彦二さんは左党ですか?」

おれが言うと、彦二が「あんたは初対面の人間と政治の話をするのか」と険しい顔になった。

「違う、違う。水野さんが言ったのは、左党だよ。左翼じゃない。左党っていうのは、好んで酒を飲む人間のことだ。彦二、お前飲みすぎだぞー」

晃司はさらっと言って、彦二をなだめた。

やはり、執筆の担当は晃司らしい。言葉に対する知識も晃司の方があるようだ。おれは晃司がますます好きになった。ちなみになぜ左党と言うかというと、鉱山を掘る男が左手で鑿《のみ》を持つため、左手をノミ手と言った、というしゃれである。

間近で観察すると、妙なことに気付いた。車椅子に座っている彦二の方は、左目の下に泣きほくろがあり、晃司は右目の下に泣きほくろがある。ちょうど、前に見た雑誌のキャプションと逆なのである。

ははあ、とおれは内心で納得した。羽鳥が「全身の写真を」撮るよう言っていたのは、こういう意味だったのか。あの記事の写真は、顔出しNGの状況が続いていた紅林兄弟が初めて撮影に応じた時だったという。泣きほくろの左右と、立ち位置の左右が混ざって、キャプションの文言が取り違えられてしまった、ということだろう。

しかし、全身の写真を写しておけば、間違うことはない。

彦二の方には、車椅子という明瞭な特徴があるからだ。

全身を映した写真と、バストアップの写真をそれぞれ撮影して、おれは列を後にした。

あとは、いつ殺すか、それだけが問題である。

5

午後八時で授賞パーティーはお開きになった。その後は、出版社主催の二次会に行く者や、徒党を組んで自分たちだけの二次会に流れる者、人付き合いに倦《う》んで帰路につく者もいた。

われらがターゲットの紅林彦二は、果たして、直接帰宅することに相成った。

おれは「水野」としての仕事上の付き合いで、どうしても出版社主催の二次会に行かざるを得ず、少し足止めを食ったが、彦二が晃司の介添えでタクシーに乗り込むところまでは見ていた。周囲の話によると、自宅に向かうとのことだった。

すでに、紅林兄弟の自宅は突き止めてある。おれは二次会のあと車を走らせて、彦二の家に向かった。

午後十一時。

紅林家から離れたところにある駐車場に車を止めた。ここの駐車場は経営状況が思わしくなく、防犯カメラはダミーしか設置していないことは下調べ済みだ。

彦二だけが先に帰っている。晃司は主役であり、おれのいた二次会の後、三次会の店に入るところまで見届けている。業界の中でも酒癖の悪いメンバーに囲まれているので、そうそう出てこられないはずだ。

問題は紅林家についている防犯カメラだが、この一週間余りの調査によって、死角となるアングルは検証済だった。建物の裏手から回り込んで、物置部屋の窓を調べる。あらかじめものを嚙《か》ませておいて、閉まり切らないようにしておいた。暑さのため毎朝晃司が開ける習慣があり、その隙を狙ったのだ。

薄型のラテックス手袋を装着する。

窓を開く。

ここから、問題なく侵入できそうだった。

部屋の中はムッとするほど暑かった。盗聴して分かっていることだが、三日前からリビングのクーラーが壊れているからだろう。扇風機だけでやり過ごすには、この環境はきつすぎる。

その情報を聞いていたからこそ、おれは顔を覆う覆面を用意していた。毛髪を落とさないため、というのもあるが、汗の雫《しずく》を現場に残さないようにするためだ。

それほど暑いにもかかわらず、おれは家に入るなり、何かひやりとした気配を感じた。

他の生き物の気配が感じられない。

奇妙だった。彦二はこの家に帰ったはずなのに——。

一分後、リビングに入って、その答えが分かった。

彦二はソファに寝そべって、息絶えていたのである。

断じておれが殺したわけではない。

誰かが殺したのだ。

おれ以外のやつが。

6

混乱する頭をどうにか鎮めて、現場を素早く見渡す。

リビングは半分書斎のようになっており――ここで打ち合わせをすることがある、という事情もあるのだろう――ソファやローテーブルの他に置かれた立派な机は晃司の仕事机だと思われる。机の上には、ゲラ刷りの束が雑多に置かれていた。

彦二の死体を観察する。彼は出かけた服装のままだった。仰向けに寝転がって、瞳孔がすっかり開いていた。口から吐瀉物《としゃ》が溢《あふ》れ、ソファの下の絨毯《じゅうたん》にしみ込んでいる。

彦二はパーティー会場で飲みすぎていた。仰向けに寝たまま、胃の内容物を吐いてしまい、窒息したのか。ありがちな事故だろうか。おれが殺す前に、彦二が偶然に死んだだけ、なのか。

ゲロのすえた臭いの中に、何か違うものが混ざっている。彦二の顔に鼻を近づけてみると、口元からかすかに石鹼の香りがした。

なるほど、いい殺し方だ。

おれはそっと息を吐く。

これは事故ではない。紛《まぎ》れもなく殺しだ。おれ以外のやつが、彦二を事故に見せかけて殺したのだ。

眠っている彦二に少量の石鹼水を飲ませて、嘔吐反応を誘発する。見た目上は、飲酒による事故と区別がつかない。ゲロの臭いで、石鹼の香りも誤魔化せる。検視がされない限り、殺人と見破られることはないだろう。

ふと、この現場に、まだ犯人がとどまっているのでは、と気になった。そうだとすれば、虎視眈々とおれが隙を見せるのを窺っているかもしれない。

おれは透明な糸を両手でピンと張り、周囲を見渡した。

書斎、廊下、台所、寝室、応接間、トイレ、風呂場。どこにも敵の姿はない。おれはほっと一息つく。

風呂場の扉を開けると、浴槽の蓋《ふた》はしっかり閉まっていて、風呂が沸いていた。湯沸かしパネルの設定を見ると、午後九時に沸くように毎日自動で湯沸かしが設定されていた。紅林兄弟の習慣なのだろう。彦二は午後九時の時点では殺されていたのだろうか。

風呂場から廊下に出ると、廊下の壁に画鋲が刺さっているのが見えた。何かカレンダーでも吊るしていたのかもしれないが、今は画鋲が刺さっているだけだ。

さて、どうするか。

おれは考えを巡らせる。

おれの獲物が横取りされた。それだけでも由々《ゆゆ》しき事態であり、腹立たしいが、犯人の目的が問題だ。たまたま殺意が重なっただけか。あるいは、この依頼自体がおれを誘い出す罠だったのか。もしくは……。

警察を使って、この事件を調べさせるべきか。

極端な話、彦二の死体にナイフでも突き立てておけば、殺人を明るみに出す事は出来る。そうすれば検視により死亡推定時刻も分かるかもしれない。しかし、事故と処理されそうな死体を、わざわざ殺人に見せかける必要があるだろうか？

いや、とおれは首を振る。表向きにはことを荒立てず、この事件についてはっきりさせる。それがベストだ。

そうと決まれば、独自の捜査を続ける。死体のあるリビングに戻った。

まず、台所とトイレ脇コンセントの中に仕掛けた盗聴器を回収しておく。これこそ、見つかったらことだ。盗聴器のバッテリーが小さいゆえ、録音する機能はない。録音さえ残っていれば、考えるまでもなく犯人が分かったかもしれないが、今考えても詮のないことだった。

テレビ台の上に、リモコンや充電器などをまとめた小さなカゴがあったが、そこにポケットティッシュがいくつも入っていた。てんでバラバラな広告が入っているところを見ると、街頭でもらったものをとっておいて、少しずつ使っているらしい。几帳面な晃司の性格の表れだろう。

その中に、黄色いビラの入ったティッシュがあった。記憶が刺激される。その記憶が想像の起点になる予感がした。

死体の手首にスマートウォッチが嵌まっていた。

しめた、と彦二の手首を手に取る。スマートウォッチの画面には、「緊急通報しますか?」という表示がある。脈拍の異常により、システムが立ち上がっていたが、彦二は抵抗する間もなく殺され、押すことが出来なかったのだろう。

尾行の際、彦二のパスコードは視認している。手袋は薄型で、電子機器のタップには差し支えない。

脈拍の記録を見る。午後八時五十分に停止していた。

ひとまず、午後八時五十分に彦二が殺されたと仮定する。彦二は午後八時すぎにパーティー会場を後にしたのだから、午後八時半には家に着いただろう。とすると、帰って間もなく殺されたことになる。

犯人は家で待ち伏せをしていたか?　それとも、パーティー会場から家まで尾けてきたのか?

机の上には、ゲラ刷りのほか、資料として使っているのか、文庫本や辞書が置かれていた。ふと、その文庫本の一冊が、妙に反り返っているのに気づいた。紙が湿気を吸って、そのまま乾くとこのようになることがある。ああなると、もう一度湿気を含ませて、今度はまっすぐの状態で乾くよう重石でも置いておくしかない。晃司は意外と、本の管理は雑なのかもしれない。

いや、違う。著者名やタイトルもバラバラで、晃司が調べ物に使っていたようには見えない。彦二を殺した誰かが、部屋の中を物色したということか？

ろくに手掛かりらしい手掛かりも摑めなかったが、今はこれで満足するしかない。おれは急いで、紅林邸を後にした。

7

麻倉に連絡すると、彼は戸惑った様子だった。

『先に紅林彦二が殺されていた？』

「おれが家に入った時には、既にな。こうなってくると、依頼人の守秘義務を気にしている場合じゃない。なあ、今回の案件は誰からの依頼だったんだ？」

『それは――』

電話の向こうの声が逡巡していた。

『……依頼人の身元が確かなことは、私が保証します。これは、あなたを陥れるための罠ではありません』

「あんたの言葉をただ信じろと？」

沈黙が流れる。

埒が明かないので、おれは言った。

「紅林彦二が必要以上の恨みを買っていた場合、依頼人以外にもう一人、殺意を持った人間が近くにいたのかもしれない。その人間がおれに先んじて殺したか、あるいは――」

『その誰かが、別の殺し屋に依頼したと？』

「そう。おれとしては、ずぶの素人に油揚げをさらわれるより、お仲間が敵だと思った方が幾分マシだ。同業者の動向を探ってもらえないか？」

『調べてみます』

電話を切る。

翌日出社すると、昨日の紅林彦二の死の話題で持ちきりだった。死体は午前三時に帰宅した兄の晃司によって発見された。

「まさか、昨日の今日でこんなことになるなんてな。特集がふっとんでしまうよ」

羽鳥は鼻の頭に皺《しわ》を寄せた。

「おれも驚きましたよ。昨日撮った写真がまさか遺影になるなんて」

「おいおい、ここではいいけど、外では言うなよ、そんなジョーク」

羽鳥は苦笑した。

「水野、今から一緒に取材に出られるか？　紅林晃司の話を聞きに行きたいんだが」

「ええっ」

おれの隣の席の男が、驚いたように言う。

「羽鳥さん、いくらなんでも仕事しすぎっすよ。昨日だって、そのパーティーに行った後に編集部へ戻って来たでしょう」

「仕方ないだろう。なかなか原稿出してこない大御所が、午後九時頃に電話よこしてきて、今から取りに来いとか言われて、おまけに昨日が〆切日だったんだから。ろくに赤入れせずに入稿しちまったよ。おかげで二次会には全然顔出せないし」

羽鳥が苦労を語るように、着信履歴の画面を見せる。確かに、昨日の午後八時五十七分に着信があった。おれは同情的な気分になって、言った。

「羽鳥さんの代わりに、二次会にはおれが出ておきましたよ」

おかげで午後十時まで解放されず、トンビに油揚げをさらわれたが——とは口に出さない。

兄の紅林晃司。

編集者の多根井。

晃司の恋人の川越梨衣。

おれが知っている彦二の関係者はこんなところだ。手始めに、彼らのアリバイを探る。昨日のパーティーの関係者に、四方山《よもやま》話として話を聞くことぐらいなら、「水野」にも出来た。

まず紅林晃司だが、彼は午前二時半まで完全なアリバイがあった。コンビ作家の片割れの彦二が早々に離席し、「唯一の主役」として、四次会まで店を転々としていたという。どこでも引っ張りだこで、席を外したのは五分程度のトイレが数回のみ。念のため、四次会までの店を聞き出し、紅林邸との距離も調べたが、晃司が人目を盗んで家に帰るのは不可能だった。

次に多根井だが、彼は件《くだん》の四次会まで晃司と酒席を共にし、晃司と同じく、ほぼ完璧なアリバイがあった。

最後に梨衣のアリバイだが、彼女は授賞式だけに参加し、午後六時半に会場を出ている。それ以降は関係者の誰も姿を見ていない。

アリバイだけ見れば、疑わしいのは梨衣だが、考えてみれば、この事件ではあまりアリバイは関係ないかもしれない。

彦二の近くで、彼に殺意を抱いていた人間をXとする。Xは自分で殺人を犯したかもしれない。この場合は、アリバイが問題になる。

一方で、Xがおれ以外の別の殺し屋——さしあたりKとする——を雇っていたなら、実行犯はあくまでKであり、Xはむしろ、Kが彦二を殺す時間帯に完璧なアリバイを作っておくだろう。

とすれば、Xは晃司か、多根井だろうか？

おれは羽鳥と共に紅林邸を訪問し、晃司に弔意を告げた。

晃司は憔悴した様子だった。もし晃司がXだったとしても、そのように装うだろうけれど。

「リビングの中は、なんだか暑いですね」

羽鳥がぽろっとこぼすと、晃司は案の定、平身低頭して、「ああ、すみません。三日前からクーラーが故障して……」と謝っていた。

「応接間ならクーラーが効いてますので、そちらでお話ししましょう」

晃司は応接間の椅子に落ち着くと、沈痛な面持ちで首を振った。

「不幸な事故だったのだと思います。でも、もし昨日、私がもっと早くに帰宅していたら、こんな悲劇は防げたのではないかと、それだけが悔しいのです」

晃司はそう言った。

「これから、『紅森晃彦』としての活動はどうしていく予定ですか？」

羽鳥は切り込んだ。晃司はハッとしたように顔を上げ、しばらく羽鳥の顔を見つめた後、うなだれた。

「……今はまだ、先のことは考えられません。私はあくまでプロットの担当のみでしたから、活動を続けるにしても、彦二の文章を写経でもして練習しないと。いや……もし、活動を再開出来たとしても、もう『紅森晃彦』の名前は使わないでしょうね。あの名前は、あくまで二人のものでしたから」

考えられない、と言いながら、随分と具体的な将来設計に聞こえる。おれは尾行調査によって、執筆は晃司が担当していたことを知っているから、なおさらそう聞こえる。

ありあわせの美談。弟の死を乗り越える兄。

おれはふと、昨日見た廊下の画鋲が気になり、口に出しかけたが、同僚の羽鳥の前で口を滑らせるわけにはいかない。

羽鳥とおれは話を聞かせてもらった礼を言い、席を立った。

ちょうど廊下に出た時、さも初めて見たかのように口にした。

「あれ、この画鋲、何かカレンダーでも掛けていたんですか？」

二人が振り返る。おれは気まずい思いをしながらつづけた。

「……なんとなく気になって」

晃司は画鋲を見ながら、「ああ」と呟いた。

「私と彦二が最初に顔を公にした雑誌記事をスクラップして、貼っておいたんです。変だな、どこかに落ちて、気付かずに捨ててしまったのかもしれない」

晃司はどこか懐かしそうに、壁を撫でていた。

その時、おれには事件の真相が分かった。

8

羽鳥と共に車に乗り込む。羽鳥は助手席に自分の荷物を置くタイプなので、おれは後部座席に乗った。

「おい、お前、本当にこんなところで取材があるのか？　ここ、使われてない工場じゃないか」

車を停めると、羽鳥は言った。

「あんたも、この方が話をしやすいと思ってな。人目につかないところを選んだんだよ」

「え？」

停車中の車内の空気は一瞬でピンと張り詰めた。

「あんたがさっき、紅林邸のリビングが暑いとあえて口にしたのは、おれの前で口を滑らせないためだね。実はおれも、同じことをしていたんだ。さすがお仲間だよ」

羽鳥がハンドルを握る手に力を込める。

「なんの話だ、水野」

「あんたがKだ」

「Kって……夏目漱石の小説か？」

「紅林彦二の殺害依頼を出した人物をX、依頼を受けた殺し屋をKとおれは呼んでいた。こっちの話だがな。Xは紅林晃司。そしてK、殺し屋はあんただった」

「一応聞くが、どうしてそう思った？」

「画鋲のあった位置に、雑誌の切り抜きがあったと知ったからだ。事件現場の机の上に置かれた文庫本は、湿気を吸って反り返っていた。あれは季節的なものだと思っていたが、そうじゃない。タイマーで風呂が沸いた午後九時に、浴槽の蓋と風呂場の扉と脱衣場の戸が開いていたんだ。その蒸気で、文庫本も雑誌の切り抜きも湿気を吸ってしまった」

「すると、どうなる？」

「あんたは晃司からの依頼で、家の中で何かを探す用事があったんじゃないか？　机の上の文庫本は、著者名もタイトルもバラバラで、晃司が調べ物に使ったという感じではなかった。あれはあんたが触ったんだ。家捜しをするなら、取り掛かる前に写真を撮っておくのを勧めるよ。本の積み方を間違えるような、つまらないミスを防げる。いや、単純に、現状回復の時間が足りなかったのかな？　アクシデントがあったから」

「……そのアクシデントとは？」

「もちろん、大御所からの電話だよ。着信のあった午後八時五十七分と言えば、あんたが彦二を殺した午後八時五十分の直後のことだ。これは彦二のスマートウォッチから調べがついている。あんたは電話を受け、編集者としての務めを果たさざるを得なくなった。事件現場を一時的に離席せざるを得なくなったんだ」

　羽鳥はようやく黙り込んだ。

「もし犯人が殺害後、即座に家捜しに取り掛かっていたなら、午後九時に風呂場からタイマーの音が聞こえた時、風呂場を確認しに行っていただろう。そうしていれば、浴槽の蓋も風呂場の扉も脱衣場の戸も開け放したまま、事件現場に蒸気が流れることもなかった。リビングのクーラーは知っての通り壊れている。風呂場から蒸気が襲ってきたら、軽いサウナのようになるはずだ。そんな状況を、犯人は放置したはずがない」

「その犯人とやらは、随分気が回るんだな。お前の推理通りだとして、湿気を吸った雑誌の切り抜きをなぜ処分しないといけない？　放っておいてもいいじゃないか」

「犯人の条件に気付かれるからだ」おれは言った。「午後八時五十分に彦二を殺し、午後九時には現場を一時的に離れざるを得なかった人物だと。もちろん、この世であんただけが当てはまる条件じゃない。それでも充分に致命的だ。だからあんたは、切り抜きを放置出来なかった。しかし、文庫本は見落とした」

「やれやれ。私も買い被られたもんだな。水野の中で私は、予知能力者か何かなのか？」

「綺羅だ。こっちの世界では綺羅星也と名乗っている」

ふん、と羽鳥が鼻で笑った。

「極秘情報を教えるか。私を殺すつもりなんだね？」

「出来ることなら同僚を……それも、どっちの仕事でも同僚のあんたを手にかけたくはない。だが、あんたはおれの獲物を奪った。これはおれの沽券《こけん》にかかわる」

「偶然というのは、恐ろしいものだね」

羽鳥はため息をついて、話し始めた。

「実は、彦二が交通事故で足を怪我したのは、晃司に責任があったらしい。車の故障を直さずに放置しておいて、彦二が晃司の車を勝手に借りたのが原因だから、ほとんど彦二の言いがかりのようなものだが、彦二はそれをタネに晃司に一生面倒を見ろなどと言って脅していた。その頃、晃司が書いた小説を、彦二が勝手に新人賞に応募し、二人でコンビ作家を名乗るよう了承させたんだ。晃司がほとんど執筆も担当しているのに、二人の手柄のように見せていたのはそのためだった」

「耐えられなかったんだな。彦二とのコンビを続けることに」

「私が現場で探していたのは、彦二が書いたという『告発文』と、晃司が車の故障を放置していたことを示す証拠品だ。家のどこかにあるとだけ彦二に告げられていて、晃司も正確な場所は知らなかった。半ば物置同然になっていた台所の床下収納を開けてようやく見つけたよ」

羽鳥はおれを見た。

「最後に三つ、聞かせてくれよ」

「なんだ」

「君はカメラマンだろう？　自分が殺した相手の写真は撮るのかい？」

「被写体に許可を得てからでないと、おれは撮影しない」おれは答えた。「死者は許可を出せない」

「君流のこだわりってわけか。じゃあ、二つ目だ。私たちは一緒に写真を撮ったことがあったかな？」

意外な問いだったので、おれの身体は硬直した。

「……ない。おれたちはよく二人で取材に行っていたが、一緒に写真を撮ることはしなかった」

「じゃあ、今から撮ろう。撮ってくれよ。生きているうちならいいだろう?」

「なんでまた」

「君にせめて、羽鳥九苑としての私を覚えていて欲しい」

おれは少し躊躇《ためら》いながら、自分の一眼レフカメラを手にした。

その瞬間、羽鳥の姿が視界から消える。運転席のシートを倒したのだ。前方の座席から、彼は右手を繰り出してきた。

おれはカメラから手を離し、両手で糸を縦にピンと張り、羽鳥の腕を左に受け流す。羽鳥の手にはボールペンが握られている。受け流さなければ、ペン先は喉をとらえていた。

石鹼水。ボールペン。

彼にかかれば、身近なものが殺人の道具に様変わりする。

おれは素早く手を動かし、車内に糸を張り巡らせる。

彼はアクセルを踏み込んだ。衝撃で後部座席に叩きつけられる。加速した車は、程なく廃工場の壁に衝突する。エアバッグが開き、体が跳ね飛ばされ、視界が覆われる。羽鳥が飛び掛かってくる。

おれの目の一センチ先までボールペンが迫ってきた時、羽鳥の手が止まった。

わずかに間に合った。羽鳥の首に、おれの糸が食い込んだのだ。

「質問は三つあると言って油断させたな。いいテクニックだ」

「……本当に……もう一つ、ある……」

こんな状態になっても喋れるとは。凄まじい胆力だった。

「最後の餞《はなむけ》だ。答えてやる」

「その、ふざけた名前は、なんだ？」

「死ぬ前に一つ、日本語について賢くなれるんだ」おれはせいぜい笑って見せた。「幸福だろ？」

両手に力を込めた。

羽鳥の写真は撮れずじまいだった。

9

おれは廃工場に車を放置して、麻倉のオフィスまでやって来た。

「私のせいで、面倒な仕事を引き受けさせてしまって、申し訳ありません」

常日頃から表情の変わらない男だから、心の底から謝っているのか、摑みかねた。

「本当だよ。これは正真正銘、あんたのせいで巻き込まれた事件なんだからな」

おれがそう言うと、麻倉の顔が強張った。

おれは笑う。

「あんたもそういう顔が出来るんだな」

「綺羅君、それはなんの冗談ですか?」

「事件の真相はおおむね明らかになったよ。殺意を持っていたXは紅林晃司、おれ以外の殺し屋は羽鳥という男だった。羽鳥はもう始末したよ」

「私が他の殺し屋や業者の情報を探るよりも早いとは。仕事が早くて何よりですね」

「で、羽鳥に聞いて分かった。晃司は彦二に脅されていて、そのタネを回収するよう、羽鳥に指示していた。仮にあんたに依頼した男が晃司なら、脅しのタネの回収について注文しなかったはずがない。だが、おれへの依頼事項にはなかった」

「しかし、依頼人が晃司とは限らないでしょう」

「ところが、晃司がこのオフィスに来た証拠があったんだよ。リビングのテレビ台の上のカゴに、街中でもらったと思われるポケットティッシュがまとめられていたが、その中に、ジムの黄色い広告が入ったポケットティッシュがあった。依頼を受けた一カ月程前にも、このビルの前で配っていたものだ」

「そうだとしても、綺羅君の言っていることは矛盾しています。綺羅君の言う通りなら、晃司は二重に殺しを依頼したことになってしまう」

「おいおい、おれは依頼したとは言っていないぜ。晃司がここに来た、と言っただけさ」

「どういうことでしょう。それに、ティッシュが紅林晃司の家にあった、というだけなら、彦二の方がここに来たのかもしれませんよ」

「ところがその可能性も否定出来る」

おれはそう言って、次の証拠を取り出した。

晃司と彦二のバストアップの写真。彼らの顔写真が初めて公にされた記事である。

「おれはあんたから殺しの依頼について聞いた時、この写真を渡された。そしてあんたは、キャプションの記述通りに、左が晃司、右が彦二だ、と紹介した。だが、実際は逆だった。泣きほくろの位置が違っていて、キャプションは誤植だったんだよ。

だが、あの兄弟に会ったことのある人間は、決してそんな勘違いをしない。この写真はバストアップのみで、晃司も彦二の目線の高さに合わせているが、彦二は電動車椅子に乗っているからだ。あまりにも大きな特徴で、間違えようがない。

つまり、あんたは双子の両方とは会ったことがない状態で、双子の顔を知る手立ては、この写真しかなかった。だからキャプションを誤植と見抜けなかったんだ。そして、この部屋の扉の建て付けは悪く、車椅子が通れるような幅まで開かない。この部屋を彦二が訪れることは出来ないんだ。つまり、あんたはこの部屋に来た晃司にのみ、会ったことがある」

「何が言いたいのですか。いい加減、あなたのほのめかしにはうんざりなのですが」

「依頼人なんていないんだ、麻倉さん。強いて言えば、あんたこそが依頼人だったんだ。あんたは『コンサルの麻倉』の正体を知った晃司に脅されるかされて、おれに『晃司』を殺すよう命じたんだよ。あんたとの仕事は十回目だ、とおれはこの仕事を受ける時言ったよな。おれの代金は一千万、うち一割があんたの取り分だ。つまりあんたの取り分を除けば、一回の依頼でおれに払う金は九百万……あんたが真面目に貯蓄するような男なら、これまでの九回で、おれへの代金が充分払えるってわけさ」

麻倉は鼻で笑った。

「綺羅君の主張は矛盾しています。まさか自分で気付いていないのですか？　仮にあなたの言う通り、私が会ったのは紅林晃司の方でしかあり得ず、脅迫を受けたために私が晃司を殺そうとしたとしても……私があなたに伝えた依頼内容は、『紅林彦二を殺せ』でした。これは明らかな矛盾です」

「その通り。これはおれの想像だが、紅林晃司は偽名を名乗り、この部屋を訪れたんじゃないか？　殺しを依頼するような胡散《うさん》臭い場では、リスク管理のためにそうする人間もいる。その時点での偽名は、佐藤とか田中とか、どうでもいい名前だろう。晃司は当初、彦二を殺してほしいと依頼するつもりだったが、あんたの顔を見て、あんたの正体に気付くと、目的を依頼から強請りに切り替えた。そして……自分は『紅林彦二』だと名乗った。別の殺し屋、つまり羽鳥を立てて、どのみち彦二は殺すつもりだった。それなら、あんたには『彦二』の名を伝え、金だけ奪い、彦二を殺した後はあんたの追及も逃れられると考えた。晃司からすれば計算尽く、一石二鳥の名乗りだった」

麻倉は黙り込む。

「そう、これしか考えられないんだよ。第一に、晃司が依頼者なら、ブツの回収を指示しないはずがない。ところがおれにそんな指示はなかった。第二に、あんたは晃司に会ったことがある。第一の点ゆえに、依頼者は晃司ではあり得ず、第二の点ゆえに、『晃司が「彦二」と名乗った』という状況以外では、矛盾の説明がつかない」

「……実に豊かな想像力ですね」

「もしの話に意味はないが、雑誌のキャプションさえ間違ってなけりゃ、あんたは晃司と彦二を正確に判別出来て、晃司が嘘をついたことが分かっただろう。ところが、泣きほくろの特徴も、さっき目にした『偽彦二』＝晃司と一致していた。それで、あんたは間違った人物として彦二を殺す依頼を出してしまったのさ。しかも、よりにもよってこのおれにな」

おれはため息をついた。

「あんたとはうまくやっていきたかった。だが、あんたからそれを裏切った。あんたはおれを便利な殺し屋として使い、おれを危険に巻き込んだ。あんたは危険だ。見逃すことは出来ない」

麻倉は首を振った。

「……紅林晃司は私の過去を知っていた。彼の方で、一方的に昔の私を知っていたようです。こういうビジネスにとっては、致命的とも言える過去です。それをタネに強請られ、口を封じるしかないと思いました。まさか、晃司が私からは金を引き出すことにして、依頼は別に持っていった……というのには驚きましたが」

「その過去っていうのは、一体何のことだ？」

「教えられません」麻倉が言った。「あなたはここで死ぬのですから」

麻倉がポケットから拳銃を取り出す。部屋にこっそりと張り巡らせていた糸を引き、銃身の狙いを逸らす。銃弾が放たれる。外れた。その隙に、一気に間合いを詰めた。両手の糸を操り、彼の首に糸を巻き付ける。呆気なく、激しい音を立てて、彼の首が折れた。

「あんたでおれに敵うわけがないだろう」

羽鳥と戦った時のような高揚も、なかった。

おれはふと、麻倉とも一度も写真を撮らなかったな、と思った。

次の仲介業者を見つけなければ、と考えた瞬間、自分がどうしようもない仕事人間に思えた。

友達と呼べるような人はいなかった。
いたとしても、自分の手にかけてしまった。

遣唐使船は西へ

伊吹亜門

Ibuki Amon

Ibuki Amon

伊吹亜門

一九九一年生まれ。同志社大学ミステリ研究会出身。二〇一五年、「監獄舎の殺人」でミステリーズ！新人賞を最年少で受賞。一八年に受賞作を収録した『刀と傘　明治京洛推理帖』でデビューし、一九年に同作で本格ミステリ大賞を受賞。幕末、維新、戦前といった時代小説と本格ミステリを巧みに融合した作風で評価されている。二一年、『幻月と探偵』で大藪春彦賞候補。他の著書に『雨と短銃』『京都陰陽寮謎解き滅妖帖』など。

承和四年（西暦八三七）、夏の盛りであった。

灰を落としたような曇雲の下、那大津《なのおおつ》（博多）から二海里ほど沖へ出た滄海《そうかい》の只中に、長さは百尺、幅は三十尺ばかりの遣唐使船が当てどもなく漂っていた。

絢爛《けんらん》な装いの一方で、船の様相は大層荒れている。薄く輝く白塗りの船腹には乾いた海藻が羽虫のようにこびり付き、丹塗《にぬ》りの柱に掲げられた網代帆は端々が破れて力無く潮風に揺れていた。

両脇の櫓棚《やぐらだな》には十名の水手《かこ》が腰を下ろし、打ち鳴らされる太鼓に合わせて長い櫓を漕いでいる。しかし、その声にも張りはない。何《いず》れの髪も潮気に強張り、その顔には拭いきれぬ疲労の色が薄皮のように張り付いていた。

これは、嵐に遭い他の船と逸《はぐ》れた遣唐使船、四の船なのである。

那大津を出て四日、四隻から成る遣唐使節一行の船団は、東からの風を孕《はら》んだ網代帆と逞しい水手の働きによって白い浪《なみ》を嚙みながら西へ西へと進んでいた。

石楠花《しやくなげ》色に暮れる海は、天気晴朗にして浪も穏やかだった。この調子ならば揚州《ようしゆう》の港には三日と掛からずに着くであろうと者共が語り合っていた矢先、突如墨を零《こぼ》したような暗雲が海原の彼方に膨れ上がった。

間を措《お》かずに現われた大時化《おおしけ》は、それまでの順調な航海を一変させた。吹き荒れる風が浪を呼び、ひと巻きの渦と成っていく。大きく畝《うね》った浪は黒山のようで、帆の先にまで達する程だった。

遣唐大使の乗った一の船や、副使が乗った二の船、三の船は、清流《せせらぎ》に落ちた木の葉のように翻弄されていた。この四の船も他の船に続こうとしたが、黒い波濤がそれを拒み、三隻との距離は見る見る内に開いていった。

また荒浪は平底の船を横に殴り、甲板を洗う毎人々を連れ去って返さない。その中には、四の船を統括する知乗船事《ちじようせんじ》や、水手たちを纏める水手長《かこちよう》も含まれていた。或る者は帆柱に己を縛り付け、また或る者は船底に籠って御仏の加護を祈り続けた。

嵐の渦から逃れるため、水手たちは腕をも千切れんばかりに櫓を動かし、墨のような浪が立つ暗黒の荒海を無我夢中で漕ぎ続けた。そして、何とか転覆を逃れた船が這《ほ》う這うの態で荒波から抜け出したのは、夜も更けた頃だった。

頬を叩く風雨も次第に弱まり、気が付いた時には空も白み始めていた。縄を振うような風音も遂に途切れ、凝り固まっていた船中の顔々も東の空際から差す白光を浴びて漸《よう》く緩み始めた。

安堵の息を吐きながら船縁に立った者は、遣唐大使や副使を戴《いただ》いた他の三隻が何処にも見当たらない事を知った。幾ら目を凝らしても四方は広大な青海原であり、一片の船影も見当たらない。

沈んだのか。それとも此方《こちら》が流されたのか。

船中には、果たして大使不在のまま入唐してもよいのかという議論が湧き起こった。しかし、それは直《す》ぐに別の問題に取って代わる事となる。

四の船には、他の船と比して多くの積荷を載せていた。それは水晶や瑪瑙《めのう》など唐の皇帝へ献上する品々が主であって、それ故に重量のある物が多かった。

嵐の最中《さなか》、転覆を防ぐためそれらは船師《ふなし》の指示で悉《ことごと》くが海に棄てられた。しかし、恐慌に駆られた人々は命を惜しむ余り手当たり次第に積荷を投げ棄て、結果海の藻屑と消えたのは朝貢品のみならず水樽や糧食の荷にまで及んでいたのである。

命辛々《からがら》大時化を生き延びた四の船を待ち受けていたのは、果てしない飢えと渇きであった。

遣唐使船は浪を割って進む。

砕けた浪の飛沫を浴びるその舳先《へさき》には、黒々とした髭を生やした大柄な男が立っていた。

此度《こたび》の遣唐使准判官《じゅんはんがん》、入舟清行《いりふねのきよゆき》である。

清行と云えば左京大進《さきょうだいじょう》として永らく左京の警固《けいご》を担い、洛中にその勇名を轟かせた男であった。公卿たちの戯《たわむ》れから、鬼が出ると噂の大内裏中央、宴《えん》の松原《まつばら》にて夜を明かすよう命じられ、一振りの太刀のみ携えて一夜を過ごしたその豪胆振りに、人々が驚き呆れながらも感嘆の息を吐いた事は覚えも新しい。肉の盛り上がったその腕は丸太のようで、顔中を覆う蓬髭《ほうし》に爛々と眼《まなこ》が輝く様は悪鬼も逃げ出すと謳《うた》われていた。しかし、そんな黒髭も今は力なく垂れ、烏帽子の下では陽に焼けた眉間に深い皺が幾つも刻まれている。

知乗船事が海に呑まれたいま、この船の長《おさ》は清行を措いて他になかった。航路は半分以上を過ぎているため、船師の進言を容れて一先《ひとま》ず揚州へ向かう事は決まったものの、何とかして直面している飢餓の問題には対処せねばならなかった。

清行は船底に下り、残った水樽と糧食を手ずから計ってみた。真水は一樽半であり、糧食は一袋の糒《ほしいい》に干魚と干肉、そして胡桃《くるみ》や干柿が少しばかり残っているだけだった。乗員の数と揚州までの日数を基に同伴した録事《ろくじ》に勘定させた所、水は一日につき茶碗半分程度が、飯は水で戻した一塊の糒に菜《さい》を添えた物を日に二度が限度だった。水は雨雲が通れば足す事も可能だろうが、糧食に関しては如何《いかん》ともならない。しかし一方で各々に調達を任せれば、獲れた者と獲れなかった者に分かれ、そこには争いが生まれる。そのため清行は勝手な漁釣《ぎょちょう》を禁じ、糧食の配布を徹底させた。

嵐を経て以降は曇天が続き、日や星を恃《たの》んだ方角の定めも行えずにいた。潮流を頼りに船師が見立てたものの、確実とは云い切れない。那大津から揚州へは只西に進むだけだが、今はその西が分からないのである。水や糧食の配布も、あと三日程度という予測の上に成り立っていた。それが外れては全てが水泡に帰す。

胸の裡に溜まる憂慮を払うため、清行は日夜舳先に立ち島影が望むのを待ち焦がれた。そして、そんな清行の懸念は的中してしまう。三日経てども四日経てども、浪の彼方に陸地は望めないのである。

果ての見えぬ航海が続き、乗員たちの様子も次第に変わり始めた。

己らがいなくては船も進まぬと気付いた水手たちは増長し始め、ともすれば清行に対してすら不遜な物云いをし始めた。出航当時は居丈高だった遣唐使随行の官吏たちはそんな水手連中に媚び諂《へつら》い、しかし陰では悪し様に罵って已《や》まなかった。

一方で、櫓棚を直していた若い船匠《ふなしょう》が、急に御殿が見えると叫び出して海に飛び込んだのは昨日の事である。また、密かに釣り上げた青魚の頭を何方《どちら》が食べるかで口論となり、留学生《るがくしょう》と年老いた水手が摑み合ったまま海に落ちたのは昨夜の事である。何《いず》れも瞬く間に浪に呑まれ、二度と浮かんではこなかった。

飢えと渇きは者共の正気を蝕《むしば》み、遣唐使船内には、一欠《ひとかけ》の干肉や一片の糒を巡って殴り合いすら始めかねない殺気が充ち溢れていた。

「このままではどうにもならぬ」

粘りつくような潮風に袖を膨らませながら、清行は人知れず溜息を吐いた。

斯様《かよう》に殺伐とした雰囲気に変化の兆しが見えたのは、遭難から五日目の事であった。

契機となったのは、請益僧《しょうやくそう》として四の船に乗り合わせた円然《えんねん》の説法である。

その日、空き室となった知乗船事の屋形《やかた》に入っていた清行は、弟子僧に手を引かれた円然の訪問を受けた。

「これは円然殿、如何為《いかが な》された」

突然の来訪に驚きながらも、清行は直ぐに円然を屋内へ招き入れた。

円然は叡山《えいざん》の老法師である。

十二の時分で叡山に入り、禅林大師義道《ぜんりんだいしぎどう》に師事して出家したのちは興福寺《こうふくじ》にて法相《ほうしょう》教《きょう》を学び、やがて長禅寺《ちょうぜんじ》の円尊《えんそん》から灌頂《かんじょう》を受けた。師である義道の東国巡遊に従って諸国を行脚した際には全国に宝塔を建て、手ずから写した法華経《ほけきょう》を安置して廻った功労の法師であった。

円然は既に齢五十に達し、留学僧として入唐求法《にっとうぐほう》の途に就くには老いの坂を遥かに超していた。しかし、自ら学ぶ内に涌き出でた天台宗義《てんだいしゅうぎ》に係る三十の疑問は如何ともし難く、上表文を著すこと四度、遂に遣唐使随伴の勅宣《ちょくせん》を奉ずるに至ったのである。

「いやなに、船の長となられた入舟様に一つお願いが御座いましてな」

長く垂れた白眉の下からは、黒々とした眼が此方を向いていた。左様ですかと頷きながらも、清行は胸の裡で身構えた。この状況でお願いとあらば、水や糧食の融通を措いて他にないと思ったのである。

清行としても悩ましい所だった。高僧であるが故に糧食を増やせば、他の者からの反目は免れない。しかし、暑気に当てられて先達てから船底で臥していた目の前の円然は、明らかに骨と皮だけの様相に変わり果てていた。元より円然は多くを摂らず、自らの糧食も他の者に廻していたのである。

「して、お願いと申されますは」

何気ない態を装い、清行は続きを促した。しかし、柔和な笑みの浮かんだ口元から発されたのは何とも意外な言葉だった。円然は骨張った顎を引き、説法をお許し願いたいと述べたのである。

「ほう、説法と？」

「如何にも。斯様な細腕では櫓を漕ぐとて足手纏いになりましょう。ともすれば、愚僧の務めは此方のみにて」

円然は爪の伸びた指先で、皺《しわ》の寄った己の口元を指した。

「皆が悩んでおる時に、独り臥して居《お》る訳にもいきますまいて」

「そのお気持ちは大変有難う存じまするが、しかし」

清行は即答を避けた。云い淀んだのは他でもない。この食うや食わずやの場に於いて、説法に如何ほどの力があるのか甚《はなは》だ懐疑であったからだ。病身を押して説法に当たる円然を、万が一水手や留学生たちが侮っては清行としても立つ瀬がない。

「なにご案じ召さるな。説法は坊主の務めに候えば」

清行の懸念を見透かしたように、円然は穏やかな顔で合掌した。

円然が再び甲板に姿を現わしたのは、同日の陽暮れ刻であった。

甲板には、全てを諦めた顔で木の実を噛む留学生や、務めも投げ出した水手たちが帆の陰に寝転がっていた。

弟子僧に手を引かれた円然は、蹌踉《よろ》めきながらもその中に交わり、万民総じて仏と成る法華《ほっけ》一乗《いちじょう》の教えを静かに説き始めた。

「誰が彼がということは関係ない。坊主だから、経典を聞き齧っておるからという事も関係ない。一切《いっさい》衆生《しゅじょう》悉有《しつう》仏性《ぶっしょう》。其方《そなた》らも皆仏性を有しておる」

初めはまるで相手にしなかった水手たちも、淀みなく流れる円然の言の葉に、好むと好まざるとに拘わらず耳を傾け始めた。

「『衆生劫《しゅじょうこう》尽きて、大火に焼かるると見る時も、我が此の土は安穏にして、天人常《てんにんじょう》に充満せり、園林諸《おんりんしょ》の堂閣、種々の宝をもって荘厳し、宝樹華果《ほうじゅけか》多くして、衆生の遊楽する所なり、諸天天鼓《しょうてんてんこ》を撃つて、常に衆の妓楽を作《な》し、曼陀羅華を雨《ふ》らして、仏及び大衆に散ず、我が浄土は毀《やぶ》れざるに、而《しか》も衆は焼け尽きて、憂怖《うふ》諸《しょう》の苦悩、是の如き悉く充満せりと見る、是の諸の罪の衆生は、悪業の因縁を以て、阿僧祇劫《あそうぎこう》を過ぐれども、三宝の名《みな》を聞かず』とは有り難い経典の一節じゃ。御仏《みほとけ》からすれば、我々のおる娑婆《しゃば》世界《せかい》は何の憂いもない御浄土《おじょうど》と何も変わりはせんのじゃて。御浄土は余所《よそ》に求めるべきものではない。この娑婆に実現されなければならんのである」

円然の周りには水手や船匠たちが次々と集まり始めていた。噂を聞きつけたのか、船底からも人の姿は蟻《あり》のように這い出てくる。

清行はその様を遠巻きに眺めながら、密かに舌を巻いていた。乱れ麻《お》の如き乗員たちの心意が、円然の弁舌《べんぜつ》で以て徐々に一つに纏められようとしていたのである。

「また経典には『諸の有《あら》ゆる功徳を修し、柔和質直なる者は則ち皆我が身、此にあって法を説くと見る、或時は此の衆の為に、仏寿無量《ぶつじゅむりょう》なりと説く、久しくあって乃《いま》し仏を見たてまつる者には、為に仏には値《あ》い難しと説く、我が智力是の如し、慧光《えこう》照すこと無量に、寿命無数劫、久しく業を修して得る所なり』ともある。御仏の教えは多岐に渡るが、それらは決して別個の悟りではない。御仏を念ずる事も、経典を一字又一字と書き写す事も、皆釈尊《しゃくそん》と同じ悟りに至る一つの道じゃ。それは御主らが櫓を漕ぐのも同じぞ。そこに道心さえあるのならば、櫓を漕ぐ事も立派な悟りに至る道のひとつなのじゃ」

た。円然の声が嗄《か》れ始めたのを見計らって、脇の弟子僧が真水の注がれた茶碗を差し出した。円然は一口だけそれを含み、ほうと大きく息を吐いた。

「御仏は其方《そなた》らが功徳《くどく》を見て下さっておる。『我常《つね》に衆生の道を行じ、道を行ぜざるを知って、度すべき所に随って、為に種々の法を説く、毎に自ら是の念を作す、何を以てか衆生をして、無上道に入り、速かに仏身を成就することを得せしめんと』という訳じゃて。よいか、そこには何らの違いもない。儂のような坊主であろうと、其方らのような水手であろうと、はたまた入舟殿のような判官であろうと同じ事じゃ。一心に勤めた者には、御仏が道を啓《ひら》いて下さる。ほれ、皆の衆は先達て常円大師《じようえんだいし》が入寂《にゆうじやく》された時の事を覚えてはおらんか」

騒めきが細波《さざなみ》のように広がった。

この遣唐使船が浪速津《なにわづ》を出る十日前、華北山天辰寺《かほくさんてんしんじ》の常円法師が寂滅《じやくめつ》に入った。その晩、都の西の空には白く大きな帚星《ほうきぼし》が長く尾を引いて飛んだ。あれこそ高僧と名高い常円法師を西方浄土よりお迎えにいらした阿弥陀如来《あみだによらい》の御姿《おすがた》に違いないと、都の衆生たちは噂し合っていたのである。

騒めきの中から、題目を唱える声がか細く響き始めた。一人の声は二人に、二人の声は四人と広まり、水手や留学生は勿論の事、遂には暑気に当てられて臥していた筈の老雑使《ぞうし》から、清行の腰程しか背丈もない水手習いの小童《こわつぱ》までが、円然を拝んで一心に題目を唱え始めた。円然も合掌し、皆の声に合わせて御仏を念じた。

暫しの合唱が続いたのち、円然は弟子僧に手を引かれて乗員たちの輪から離れた。清行は足早に駆け寄る。

「円然殿、誠に有難う御座いました。お蔭で皆にも気力が湧いた事でしょう」

「斯様な老い耄《ぼ》れでも未だお役に立ちましたか、それは何より」

合掌し頭を垂れる円然の顔は、土気色に浮腫《むく》んでいた。暑気に当てられた中、潮風を浴びながら長広舌を奮ったためであろう。清行は一も二も無く、謝意を込めて己が使っている甲板上の屋形を譲ると申し出た。円然は固辞しながらも、矢張り体調の不具合は如何ともし難いのか、丁寧に礼を述べて其方《そちら》に向かった。

円然の立ち去った後、水手たちは各々が櫓を手に取り、櫓棚に下りて漕ぎ始めた。船匠や留学生たちも船師に対し、何か手伝える事はないかと尋ねていた。垢と潮気に汚れながらも、その顔は生き生きとして皆同じ方向を向いていた。

左様な光景を目の当たりにし、清行は嵐を経て初めて、陰鬱な心持ちが晴れたような気がしたのである。

それ故に説法から三日後、明け渡した知乗船事の屋形にて円然の亡骸《なきがら》が見つかった時には、流石の清行も言葉を失わずにはいられなかった。

＊

屋形は四畳半の板張りであった。

手前の観音戸と奥の小窓以外は固い木壁である。右手の壁際に置かれた文机《ふづくえ》とその上の空茶碗、また中央に敷かれた薄地の寝具以外は家具の類も見当たらない。

円然の亡骸は、寝具の中にあった。

亡骸を見つけたのは件《くだん》の弟子僧である。払暁《ふつぎょう》を過ぎても朝課《ちょうか》の読経が聞こえぬ事を訝《いぶか》しんだ彼は、躊躇《ためら》いながらも外から声を掛けた。

しかし、師からの返答が無い。

未だ寝ているのか、それとも返事すら出来ぬほどに芳しくないのか。逡巡の末にそっと戸を開けると、纏《まと》わりつくような糞尿の臭いが彼の鼻を襲った。

これはいかんと膨らんだ寝具に駆け寄った弟子僧だったが、彼の視界に飛び込んできたのは、寝具から覗く変わり果てた師の面貌だった。腰も抜かさんばかりに驚いた弟子僧は、這う這うの態で清行が入った厨房の屋形に駆け込んだのであった。

清行は直ぐに装束を整え、居合わせた船師と共に円然の屋形へ赴いた。

生々しい悪臭は半開きの戸から漏れていた。清行は袖口で鼻を覆い、その隙間から慎重に身を滑り込ませた。

薄暗い屋形の内では、戸から差し込む朧気《おぼろげ》な光の帯が膨らんだ寝具にまで伸びていた。

清行は船師を振り返る。船師は蒼褪めた顔のまま顎を引き、恐る恐る寝具に近寄った。その間も、白茶けた寝具は毫《ごう》も動かなかった。

船師が一息に寝具を捲《めく》る。

顕《あらわ》になった円然の骸に、清行は思わず息を吞んだ。

瓜枕に乗った小さな顔は、墓石のように青黒く浮腫《むく》んでいる。見開いた双眸は白く濁り、皺だらけの口元からは鶏冠《とさか》のような赤黒い舌がだらりと覗いていた。転迷開悟《てんめいかいご》の高僧の面影は最早何処にも無く、清行にはそれが、墨染の道服を纏った禿鶏の死骸であるかのように感じられた。頽《くずお》れた弟子僧が、啜り泣きながら念仏を唱え始めた。

大きな浪が来たのか、船が大きく揺れる。寝具の脇まで蹌踉《よろ》めいた清行は、そのままの姿勢で具《つぶさ》に円然の亡骸を観察した。

斯様《かよう》に冷静でいられることが、我が事ながら清行には不思議だった。

死穢《しえ》とは何よりも忌避すべきものであって、左京大進として日夜野盗の追捕に当たっていた清行も決して例外ではない。幾許《いくばく》かは慣れこそすれ、矢張り骸を前にすれば身は強張り、背筋には冷たい汗が流れる筈だった。

しかし、八日目となる漂流が齎《もたら》した果てしない飢えと渇きは、清行から厭悪《えんお》の念を奪い去っていた。それ所ではないのだ。目下清行の心を乱すのは死穢への畏怖や嫌悪ではなく、疑念と動揺の二つであった。

寝具の股座《またぐら》に当たる部位は茶色く汚れていた。汚臭もそこから漂っているようだった。

船師があっと叫び、掴んでいた寝具を離した。

「何だ、どうした」

「い、入舟様。此方《こちら》を」

栗色に焼けた逞《たくま》しい腕を戦慄《わなな》かせながら、船師は円然の顔を指した。

その先に目を落とした清行は言葉を失った。

幾重にも皮の垂れた円然の首には、青黒い指の痕が鮮明に残っていた。

「莫迦な」

そんな呻き声が、唇の隙間から漏れる。見間違いようもない。それは明らかに、何者かがその両手で以て円然の首を絞めた痕に相違なかった。

濤音《なみおと》と共に屋形が揺れる。足を縺れさせながら壁に手を突いた清行は三度《みたび》愕然とした。

己らがいるのは滄海の只中、そして船の上である。そこからは何人たりとも往来する事が叶わず、即ち円然を殺めた者は今もこの船に居るに違いない。

清行は寝具を直させたのち、今朝になって姿を眩《くら》ませた者が居ないかを確かめるよう船師に命じた。

「分かっておるだろうが、決して他の者に漏らすでないぞ」

船師は血の気の失せた顔で頷き、泳ぐように退出した。

只管《ひたすら》に念仏を唱えていた弟子僧が、ああと呻いた。

「わたくしめが気付いておりましたら、斯様な事にはなりませなんだものを」

清行は弟子僧を振り返った。

「いま何と申した」

「はい、よもや一枚戸を隔てた向こうで師が斯様な目に遭われていようとは思いもかけず、無念でまた口惜しゅう御座います」

「待て。それではお主、ひと夜中この屋形の前におったのか」

「左様に御座います」

「戯《たわ》けたことを申すな。それでは円然殿を弑《しい》た者は、一体何処から入ったのだ」

涙に頬を濡らす弟子僧は怪訝そうに屋内を見廻し、あっと小さく叫んだ。

「し、しかし決して虚言《そらごと》では御座いませぬ。船師殿にもお尋ね下さい。浪見をされていて一晩中共におりましたので」

必死に云い募るその姿は、到底嘘を吐いているようには見えない。

足下が揺れたような気がして、清行は再び近くの壁に手を衝いた。しかし、それが浪なのかそれとも眩暈《めまい》なのかは皆目分からなかった。

＊

円然の死は一先ず伏せるべきというのが清行の判断であった。

飢餓に苛《さいな》まれる船内に於いて、その説法は紛れもなく乗員達の縁《よすが》だった。それが失われたとあっては乗員たちがどうなるかも分からない。況《ま》してや何者かに殺められたとなっては尚更である。

しかし一方で悩ましいのは、その亡骸を如何に扱うかという事だった。

ここは青海原の只中である。立っているだけで汗の滴るこの暑気では、亡骸も早々に傷み始めるであろう。腐乱が進めば臭いも酷くなり、隠し果《おお》す事は殊更困難になる。塩漬けにでも出来れば話は変わってくるが、今はその塩が無い。船上とあっては焼く訳にもいかず、海に沈める事は流石に躊躇われた。

清行は苦肉の策として、戻って来た船師に命じ一片の隙間もなく寝具で亡骸を包ませた。そして、円然は暑気に当てられ臥している事にするよう、船師と弟子僧に命じた。

二人は黙って頷いた。

清行は一先ず己の屋形へ戻った。円然の屋形を固く閉ざす事は勿論忘れない。

火の消えた竈《かまど》の前に腰を下ろし、清行は顎髭を撫でながら考えを巡らせ始めた。

誰が、何のために円然を殺めたのか。

開け放した戸からは、水手たちの掛け声と共に緩やかな潮風が流れ込む。生臭い磯の臭いが清行の顔を拭った。

暫《しばら》くの間黙考を続けたが、妙案は一向に浮かばない。じりじりと肚の底が炙られるようで、清行は観念して立ち上がった。再びあの屋形を検《あらた》める他にない。

外に出る。低く垂れ込めた巌《いわお》のような雲は、相も変らず晴れる気配を見せなかった。

屋形の前では、弟子僧が憔悴した顔で座していた。清行の姿を認めた彼は、もごもごと何かを呟きながら小さく頭を下げた。

「円然殿、失礼致しますぞ」

向こうを留学生が歩いていたので、清行はそう声を掛けてから屋形に入った。忽《たちま》ち、拭いきれぬ汚臭がその鼻に纏わりつく。清行は袖元で鼻を覆い、室内を見渡した。

辛うじて輪郭が摑めそうな程度の暗闇であった。隅には、寝具で包まれた柱のような亡骸が寝かされている。それ以外は朧気ながらに映るだけである。

清行はさっさと足を進め、正面の窓を斜めに押し開けた。薄い光が闇を侵すのと同時に、磯臭い風が清行の吐気を払った。

清行は一息吐き、目の前の小窓を観察した。

船師に確かめた所、弟子僧の言葉に偽りは無かった。一晩中この屋形の戸の前に座し、入る事も、またその場を離れる事も無かったという。従って、屋形に出入りするためには、この窓を使う他に術は無い筈だ。

明かり採り用の小窓は、押し開けて斜めになった窓板に支えの棒を差し込む造りだった。高さは清行の胸辺りなので、乗り越える事も難くはない。

烏帽子を押さえて、小窓の高さまで腰を屈《かが》める。潮水を被り形の崩れた烏帽子は、すっかり柔らかくなっていた。

しかし、押し開いた小窓は清行が思っていた以上に開かず、外を窺おうにも首を出す事すら能《あた》わない。支え棒を外し、窓板を更に押し上げれば何とか顔は出す事は叶ったもののそこまでだった。そこから乗り出そうとするには、肩が閊《つか》えてしまうのである。無理に開けようとすると、窓枠から木の粉が散った。これ以上開けば壊れてしまうだろう。しかし、茅色の窓枠に無理矢理抉《こ》じ開けたような痕跡は見られなかった。

清行はまじまじと小窓を見詰めた。

そんな筈はないのである。

正面の戸から出入りが出来ないのならば、円然を殺めた者はこの窓を使ったに違いない。他に考えようがないのだ。

しかし、それが考え違いであった事は、清行が身を以て確かめてしまった。幾ら大柄とはいえ、他の者たちと比してそう差違がある訳でもない。

清行は室の中央に立ち、周囲を見回した。

四畳半程の室内は狭く、数歩歩けば向かいの壁に辿り着いてしまう。力を込めて壁を押してみたが、いずれの壁板も頑丈で軋みこそすれそれ以上は動かない。

床板も同様だった。この下は水手や留学生たちが寝食する船底の筈だが、何処を踏んでも足下に可怪しな点は感じられなかった。板を外して船底へ下りるのは土台無理な話である。

周囲と下に不審な点は見られなかった。そうなると残りは上しかない。

清行は文机を引き寄せ、足を乗せた。背を伸ばすと、何とか指先が天井板に届いた。しかし茅色の板は固く、押し上がる事はない。清行は諦めきれずに文机を動かして全ての天井板を確かめたが、何れも固く留められており、それを外して外に出る事は到底無理だった。

顳顬《こめかみ》から流れた汗が、髭を伝って落ちる。清行は呆然と床に下り立った。

道理に合わない。

戸の前には一晩中弟子僧と船師が控えており、何人も屋形には足を踏み入れていないと述べている。屋形の壁や天井、そして床板に不審な点は無く、従って唯一の出入り口は明かり採り用の小窓となるのだが、今度はそれが小さ過ぎた。

「左様な訳があるまい」

そう呟かずにはいられなかった。このままでは、誰も屋形には入れなかった事となる。即ち、円然を手に掛けた者が居ない事になってしまうのだ。

遠くから水手たちの掛け声が聞こえる。急かされるような気持ちで、清行は足早に屋形から出た。

弟子僧は船縁に立ち、消沈した面持ちで海原を眺めていた。入舟はその脇を通り、屋形の裏に廻る。

周囲に人影が無いことを確かめてから、清行は小窓に顔を突っ込んだ。

しかし、内側から確かめたのと同様に此方も胸元で閊えてしまう。窓板を頭で支え、枠に手を掛けて様々な姿勢を試してみたが、どう足掻いてもそれ以上は入れそうになかった。

「無理か」

身を引こうとした清行の脳裏に、ふと円然の亡骸の様が過《よぎ》った。

亡骸の首には、扼《やく》された指の痕が鮮明に遺っていた。それ故に、清行も円然が殺められたのだと考えたのである。

己で首を絞めて果てる事は流石に無理だろう。円然は、何者かにその手で以て首を絞められたのだ。

清行は腰を折ったまま、窓板を頭で支えた姿勢で両腕を入れてみる。腕だけならば、肩に至るまですんなりと入れる事が出来た。

清行の脳裏に、一筋の光明が差し込んだ。円然を扼するだけならば、身体を屋形に入れる必要はない。円然が小窓の前に此方を向いて立っていれば、このように腕を入れるだけで事は足りる。

おうという声が迸《ほとばし》った一方で、再び思い起こした亡骸の様は、暗雲となってその光明を立ち所に覆い隠してしまった。

円然の亡骸には喉元まで寝具が覆い被さっていた。屋外から腕のみを入れて首を絞めた場合、その亡骸は床板の上に放り出す他にない。きちんと横たえて寝具を被せるには、矢張り屋形内に入る必要があるのだ。

清行は非道《ひど》く虚脱し、已む無く己の屋形に戻った。

机代わりの竈には、半分ほど水の残った茶碗が置かれていた。喉の渇きが蘇り、清行は喘ぐようにしてそれを飲み干す。干乾びていた五臓六腑に染み渡るような感覚だった。

床板の上に胡坐《あぐら》をかき、清行は腕を組んだ。

殺めた術は一度横に退けて、何者がまた何の目的で円然を亡き者としたのかを考えようとしたのである。

清行の目から見た限り、この船の中で円然を憎む者など居ないように思われた。ただ、自らの命を救《たす》けるため、已むなく円然に害意を持った者がいたとしてもおかしくはない。

説法に因って乗員は一心に纏まったとはいえ、未だ何れの港も望めず真水や糒などは減る一方だった。一人でも乗員の数が減れば、それだけ己に廻って来る糧食も増える。そのために人の数を減らしたのではないか。

しかし、それで円然を選ぶのは首肯出来ない。衰弱した円然はそもそも多くを摂ることが能わず、それ以前も糧食は水手たちに分け与えていた。己の取り分を多くするためなら、他に選ぶ者が居よう。

更には、若《も》しそれが目的ならば夜の海にでも突き落とせばよい筈で、態々《わざわざ》亡骸を残して殺めた事を明らかにするのはどうも腑に落ちない。

清行は額に浮かぶ汗を拭い、腕を組み直す。

思い浮かんだのは、円然の説法が皆の拠り所となっていた事実である。

万が一清行や船師の采配に不満を持つ者がおり、その者が叛旗を翻そうとしているのだとしたら。その火を鎮める円然は邪魔になるかも知れない。そのために殺めたと考えれば、道理に合わない事もない。

しかし、若しそうなのだとしたら円然が死んだという事はいち早く明らかにしなければ意味が無い筈だ。未だ水手たちが騒ぐ気配も無く、表向き円然は臥している事になっている。

清行たちが隠すとは思わなかったのか。それならば、より明らかな方法で円然の亡骸を衆前に晒す筈だろう。

清行は仰向けで寝転がった。

分からない。

浪の砕ける音が背中越しに伝わってくる。暑さが募り、渇きに衝き動かされて清行は竈の上の茶碗を掴む。

しかし、既に空である。

強く茶碗を振り、残った数滴を大きく開けた口の中に落とした。

力無く立ち上がり、屋形の戸口から海原を望む。

浪の彼方には、未だ一片の島影も姿を現わさない。

＊

更に三日が経った。

久々に雲が切れ、蒼天に日輪を拝んだのは昨日の昼の事だった。

陽の傾き具合から船師が方角を計算した所、船が向かっていたのは南だった事が判明した。直ぐに舳先を西方に改めて漕ぎ出したのだが、方角が異なっていた事に対する衝撃は大きかった。揚州は疎か、蘇州《そしゅう》や明州《めいしゅう》もほど遠い。果たしてそれまで水や糧食、また乗員たちの気力が保つのかは、誰にも分からなかった。そしてまた、いつの間にか広がった雲が直ぐに日を隠してしまった。

乗員は、既に那大津を出た時の半数以下にまで減っていた。昨日は三人の水手が、泳いだ方が速いと叫び海に飛び込んだ。暑気に当てられて二人の留学生が息を引き取った。

清行にも限界が近づいていた。

皆の手前気丈に振る舞ってはいるものの、一日に一片の干肉と水で戻した一握の糒だけでは気力も湧かない。またここの所雨も降らぬため、一人に行き渡る真水の量も茶碗の底少しにまで減らされていた。

何より気掛かりなのは、一度は払われた鬱屈の気が再び膨らみつつある事だった。正しい方角が分かった喜びよりも、水手たちには今まで漕いでいた方向が誤りだったという虚脱が勝っていた。緊張の糸は遂に切れ、水手や留学生たちは糧食を蔵した船底に殺到した。清行と船師が説得に当たり何とかその場は納まったものの、次こそどうなるか分からない。乗員の中からは円然の説法を求める声が多く上がったものの、清行には未だ円然は臥しているとの説明を繰り返す他なかった。

床に置いた茶碗から、生温かい水を一口だけ含む。喉の渇きは少しも癒されず、一息に飲み干してしまいたい欲求から遁れるため清行は立ち上がって屋外に出た。

いつになく強い風が吹いていた。

潮気を吸ってすっかりひと塊となった髭が、ぶらぶらと揺れる。見上げた網代帆も、久々に風を孕んでいた。

清行は腰に手を回し、ゆっくりと甲板を歩んだ。

櫓棚では、水手たちが揉烏帽子を振るいながら櫓を漕いでいた。しかし、最早誰も掛け声を上げてはいない。

気の抜けた眼差しを横顔に感じながら、清行は船底に下りた。一段下りるごと、息が詰まるような熱気が濃くなっていく。

隔壁に分けられたその場所には、夜半の勤務を割り振られた水手や、暇を持て余した留学生たちが寝そべっていた。中には清行の姿に慌てて身を起こす者もいたが、大半は鼾《いびき》をかいているか、若しくは無関心な顔で寝転がったままだった。

清行は彼らの顔を一望し、殺生者はこの中にいるのだろうかと胸の裡で呟いた。

円然を殺めた者は未だ見つかっていない。

亡骸は、今もあの屋形に秘してある。寝具に包まれたままだが、汚穢《おわい》な汁は至る所から染み出ており、戸を開けただけで凄まじい腐臭が漏れ出る始末だった。弟子僧は窶《やつ》れながらも未だ屋形の前で頑張っているが、清行は到底足を運ぶ気にはなれなかった。

大きく息を吐き、踵を返す。

階段を上がり、当てどもなく甲板を歩く。懸命に櫓を漕ぐ水手がいる一方で、日陰に寝そべり蘘を嚙む者もいた。彼らは清行と目が合っても、茫《ぼう》とした表情のまま顔を逸らすだけだった。

不意にばたばたという足音が背後に響き、荒縄を肩に掛けた小童《しょうどう》が清行を追い越した。見覚えのある背中だった。円然の説法の際、一番端から食い入るように聞いていた者だ。未だ生きていたのかと清行は思った。

円然の屋形に差し掛かる。

壁際に寄った清行は、何気なく小窓の窓板を持ち上げてみた。矢張り或る程度まで掛かった所でつっかえる事を確認した刹那、ひとつの情景が清行の脳裏を稲妻のように走った。

先ほど駆け抜けていったあの小童である。

あの体長ならば、この隙間からも入る事が出来るのではないか。

気が付いた時には、清行は駆け出していた。

思ったように脚に力が入らず、蹌踉めくようにして舳先に出る。

少年は船師に荒縄を手渡している所だった。近付いてくる清行に気付き、二人とも深く首を垂れる。

「其方《そなた》、名は何と申す」

少年は驚いたように顔を上げ、そして慌てて伏せた後、日丸《ひのまる》にございますと緊張した声で答えた。

「日丸、一つ尋ねる。其方、円然殿を」

清行はそこで口を噤《つぐ》んだ。此方を向いていたその顔は、垢染みてこそあれども未だ幼く、到底そんな大それた事を仕出かすようには見えなかったのである。

「入舟様、この者が何か粗相《そそう》を致しましたか」

船師が怪訝そうな顔で問うた。いやと清行は曖昧に首を振る。

「そういう訳ではないのだが。……日丸、其方円然殿のあの屋形に立ち入った事はあるか」

「はい判官様。三日ほど前の晩で御座いますれば」

日丸は勢いよく顔を上げ、朗らかにそう答えた。

「……それは、あの小窓から忍び込んだのか」

「左様で御座います。夜半に通りました所、苦しそうな呻き声があの窓から聞こえてまいりました。思わずそこから覗き込んでみますと、円然様が寝具の上で悶《もだ》えておられたのです。わたくしは慌てて中に入り、近くの文机に御座いました茶碗の水を差し上げました。しかし、一息吐かれこそすれ円然様は休まれず、延々と呻いておられました。だからわたくしが手を貸して差し上げたのです」

船師が弾かれたように顔を向ける。その双眸はこれ以上ない程に見開かれていた。

清行は口中に苦い汁が広がるような心持ちのまま、努めて淡々と言の葉を重ねた。

「手を貸したとは、つまり円然殿の首を絞めたのか」

「左様で御座います。円然様はご自分で御首を押さえておられました。ですからわたくしも喉を押さえて差し上げたのです。お浄土へお還りになれば斯様に苦しむ必要もなく、また円然様もそうしてわたくし共をお救いになるお積もりだったのでしょう」

「救う？」

「はい、円然様のお蔭でわたくしたちも救われるのです」

日丸は莞爾《にっこり》と笑った。

「円然様ほど尊い御坊様はそうそういらっしゃいません。そんな円然様がお浄土にお還りになる暁には、必ずや阿弥陀様のお迎えがありましょう。丁度、天辰寺の常円法師様がお亡くなりになった時と同じように。わたくしたちはそれを待てばいいのです。金色の雲に乗った阿弥陀様は、西方浄土よりお越しになります。阿弥陀様がいらした方角こそ西なのです。ならばわたくしたちも、そちらに向かえば唐の港に辿り着きましょう」

清行は言葉を失った。日丸の曇り無き笑顔の意味が、漸く理解出来たのだ。

刹那、舳先の方でわっと声が上がった。同時に、日丸の窶《やつ》れた顔に大きく笑顔が咲いた。

「阿弥陀様です。阿弥陀様がお越しになったのですよ」

日丸は舳先に向かって駆け出した。立ち尽くす船師を残し、清行は蹌踉めきながらその後を追う。

水手や留学生たちが前方を指し、何かを喚き立てていた。悲鳴すら上がるような異様な雰囲気に、清行は彼らを押し退け、遂に舳先へ出た。

いつの間にか空が晴れている。舳先の指す先には、傾きがちな日輪が上がっていた。

船は西方へ向かっていたのである。

しかし、清行が望んだその前方には、今にも日の輪を覆い隠そうとする黒く大きな嵐の雲が、刻一刻と遣唐使船に迫っていた。

斜線堂有紀

Shasendo Yuki

雌雄七色

Shasendo Yuki

斜線堂有紀

上智大学卒。二〇一六年、『キネマ探偵カレイドミステリー』で電撃小説大賞メディアワークス文庫賞を受賞してデビュー。漫画原作やボイスドラマの脚本など幅広く活躍。二〇年、『楽園とは探偵の不在なり』がミステリ・ランキング上位に連なり、二一年の本格ミステリ大賞候補となる。近著に『死体埋め部の回想と再興』『ゴールデンタイムの消費期限』『廃遊園地の殺人』『愛じゃないならこれは何』『君の地球が平らになりますように』『回樹』など。

水島潤吾《みずしまじゅんご》　様

そちらはお変わりないでしょうか。

あなたを父親と呼ぶ気にはまだなれないのですが、訳あってご連絡させて頂きます。

本当は簡単に電話で済ませたかったのですが、どうにも避けられているようでしたのでメールで失礼致します。アドレスの方は事務所を通して聞きました。高校生という身分と、息子という肩書きがあれば、天下の売れっ子脚本家様のプライベートアドレスも入手出来るのですね。あなたの息子であってよかった唯一のことかもしれません。

それにしても、あなたには息子への情はまるで無いのですね。

日を分けて十回も連絡したというのに、一度も電話に出なかったあなたの態度には尊敬を覚えます。ここまで一貫していると、晴れ晴れした気持ちになりますね。

当てこすったところで、あなたにはまるで響かないという確信がありますので、本題に入ります。

やっと母――香取一花《かとりいちか》の部屋の遺品を整理することが出来ました。

一年掛かりました。僕にとっては長すぎるようで短い一年でした。母が死んだという事実を日常の一個一個、家具の一つ一つに重ね掛けていくような生活をしていました。僕は決してよく出来た息子ではなく、恐らく母も——よく出来た母親ではありませんでしたが、それでも、僕らはいい親子としてやっていけていたのではないかと思っています。

さて、遺品の話です。家族を捨てて逃げるように去って行ったあなたにとっては、あの家にあるものなど単に忌《い》まわしいだけかもしれません。ですが、これはどうしてもあなたに受け取って頂かなければならないものです。

母の使っていた机の抽斗《ひきだし》から出てきた、あなたへの手紙です。

メールで手紙の話をするのは、なんだか妙な感じがしますね。このSNS全盛期にわざわざ手書きの手紙を綴る人間なんて珍しいでしょうから。母も手紙を書くタイプの人間ではなかったように思います。これが殆《ほとん》ど初めての手紙と言っていいのではないでしょうか。

抽斗に入っていたのは、赤、橙、黄、緑、青、藍、紫の七色の封筒です。封筒には封がされていませんでしたが、中身はちゃんとそれぞれ手紙が入っているようです。封筒の表には一つ一つ丁寧に、あなたの名前が記載されていました。

この七通の封筒のことを——これがどんな意味合いを持っているかをご存じでしょうか？

これは、虹の手紙というそうです。

虹になぞらえて一セットにされた七色の封筒を、先に書いた色の順に使って想い人に手紙を書くと、気持ちが通ずるという触れ込みで売られていたものです。尤《もっと》も、恋愛成就的な使い途《みち》ばかりではなく、七通に分けて願いを書くことで本願成就を祈るという使い途もあるそうです。

どちらにせよ、虹に願いを掛けるというコンセプトのものであると理解して頂ければ。

母がこんな子供じみた、おまじないのようなことを信じていただなんて信じられませんが、聞けば七色の封筒セットはとある神社が参拝者を増やす為に作っているものだそうです。それを思うと全く根拠の無いおまじないなのかもしれません。

……結局、母の願いが叶ったとは言えません。あの人はあなたに裏切られ、失意のままにこの世を去ることになったのですから。あなたは母の葬式にすら顔を出してくれませんでしたね。あの時は、本気であなたのことを殺してやろうかと思いました。今でも、あなたのことを赦《ゆる》せずにいます。

ですが、僕は敢《あ》えてあなたに連絡を取りました。

僕が未だ思うところのあるあなたに手紙を出そうと思ったのは、この紫色の封筒に書かれた母の思いに胸を打たれたからです。

……母が一体この虹に何を願っていたのかが知りたくて、僕はこの最後の一通——紫の封筒だけ読みました。きっとそこには、自分のことを酷《ひど》く傷つけたあなたに対する憎しみが綴《つづ》られているのだろうと思っていました。

けれど、違ったんです。そこにあったのは――……。

いえ、これは僕から言うべきじゃないでしょう。あなたが実際に読んで確かめてください。

最後になりますが、どうか、母の手紙を読んでください。

そして、母があなたに何を求めていたかを、あなたが雌犬と呼んで蔑んだ人間がどれだけ純粋にあなたを求めていたかを知ってください。あなたに嵌《は》められたと知ってもなお、母は最後にはあなたを赦そうとしていたのだと思います。あなたはその人間を踏み躙《にじ》り、自分の創作の為に利用したんですよ。

あのドラマは、結局一度も観ませんでした。観られませんでした、と言った方が正しいかもしれません。

あれが大ヒットドラマになってしまうのが、僕には信じられませんでした。けれど、大半の人にとってあれはただのお話ですもんね。

母はあなたに殺されたんだと思っています。

表向きには事故死ということになっていますが、遅かれ早かれ彼女は自分で死を選んでいたのではないかと思います。

七色の手紙の内、最後の封筒以外は中を検《あらた》めていません。何が書いてあるかは知らないです。

それでも、あなたにはこの七通の手紙を読み終える義務があるのではないかと思っています。

あなたの健康は祈りません。早く死んで、あの世で母に謝ってほしいと思っています。

それでは。

香取潤一《じゅんいち》

■紫の手紙

……この手紙を書くに至ってもまだ、私は悩んでいます。

あれだけあなたを殺したいと思っていたのに、こうして思い詰めると、躊躇《ためら》いを覚えるのはどうしてなんでしょう。不思議なくらい、あなたが好きです。

潤吾、どれだけあなたに酷いことをされたとしても、私に価値を見出してくれたのはあなたが最初でした。私の半生はあなたと共にありました。

私が本当に求めているのは、あなたを殺すことじゃなくて、もう一度あの時のように自分を愛してもらうことでした。このことを認めるのがどれだけ苦しく寂しいことか、あなたには分からないんじゃないかと思います。

あなたがいつか来てくれるんじゃないかと、部屋は結局、今でもあのままにしてあります。一つでも物を動かせば、もう取り返しがつかないような気がして。

この手紙を書き終えた時に、もし私に勇気があったら――……七つの封筒を全てあなたに出そうと思っています。あなたはきっと読まないかもしれない。いや、もう一度何かに使えるかもしれないと思って、目を通すだけはしてくれるかもしれない。

それで、私が今でも情けないくらいあなたに執着しているのを見たら、考え直してくれるのかもしれない。

きっと、こんなことを考えていると知ったら、潤一には怒られてしまうでしょう。それでも、私にはこのくらいしか出来ることがない。

こうして向き直ってみると、私の頭に浮かぶのは楽しかった思い出ばかりです。あんなことをされたというのに、自分の未練がましさに笑えてしまうほどですが、感情とはままならないものだと思いました。

あなたは今もまだ、私には会いたくないのでしょうか。会うことは出来なくても、せめてもう一度言葉を交わすことは出来ないのでしょうか。

もしこの虹の手紙が本当に願いを叶えてくれるなら、どうかお願いします。水島潤吾にもう一度会わせてください。

■赤の手紙

やっぱり殺すしかない。結局、その結論に至って、今この手紙を書いています。七通の手紙を書き終えた後、私の中に何が残るのかは分かりませんが、きっとこの鮮烈な殺意だけなのだろうと思います。

これ以上、私とあなたが生きていたら、多分私が大切にしていた思い出も全部、駄目になってしまうだろうから。それであなたまで死なせてしまうことになるのだから、あなたからしたら迷惑な話だと思うかもしれませんね。今の私は香取一花で、水島一花ではない。水島潤吾とはただの他人なのだから。

でも、赦してほしい。この手紙を最後まで書き終えた後は、私もあなたのことを全部赦して、死ぬつもりです。

もし私が生きていたら、きっと殺意が鈍ってしまいますから。私は真夜中に目覚めて自分のやったことに衝撃を受け、どうにかしてあなたの命を救おうとして、泣きながら赦しを乞うてしまうでしょうから。

そんな私のことをあなたは赦すはずがないし、赦してくれたところで、あなたがもう一度私のことを好きになってくれることはないでしょう。

私が死ぬことで、潤一に掛ける迷惑も最小限で済むはずです。万が一、私があなた殺しで捕まることがあったら、きっと潤一の人生にも暗い影を落としてしまう。潤一を、人から後ろ指を指されるような人殺しの息子にはしたくありません。罪は消えずにそこにありますが、せめて何も知らない人達にそれを裁かれることのないように。潤一、本当にごめんね。私はあなたのことを一人にしてしまう。これも全部、私が弱いからです。潤一のことを嫌いになったわけでも、どうでもよくなったわけでもないのに、私の殺意は潤一のことを想う気持ちを押し潰してしまうほどに膨れ上がってしまった。

潤一も気づいているのかもしれません。私という母親の中にある自分の存在が、水島潤吾への憎しみの陰に隠れてしまっていることに。そう思うと、申し訳ない気持ちでいっぱいです。

でも、もう耐えきれません。

この間、あなたの部屋を片付けようとした時に、ふとそこに置かれていたテレビを点けました。

そうしたら『虹の残骸』の再放送がやっていました。比較的最近のドラマであるというのに、こうして何度も再放送されるあたり、みんなこの陳腐でドロドロとした〝実話〟が、大好きなのだなと思い知らされました。流石《さすが》は、水島潤吾の最高傑作だと言われるだけのことはあります。

そして私はうっかり深花《みか》のことを見てしまいました。

画面の中の深花は、私が見ても分かるくらい、私にそっくりでした。意志が弱くて他人への依存体質で、ジュンの足を引っ張るだけの役に立たない女。散々場を引っかき回した深花が最終的に他の男に向かう様は、とても生々しく描かれていました。私でさえ、これが実際に起こったことなのではないかと錯覚してしまうほどでした。

そうして深花を失ったジュンが、世志乃《よしの》に出会うところまで見ました。失意に沈んだジュンを優しく包み込む世志乃を見た時、私はもう全てが信じられなくなりました。

殺そう、と思いました。全十二話のドラマに閉じ込められた物語に介入するには、もうジュンを――水島潤吾を殺すしかありませんでした。

だから、私はこんな手紙を書いています。死ぬ瞬間、あなたはどうして今になって、と思うかもしれませんね。恨まれている自覚はあっただろうけれど、それがどういうタイミングで殺意に昇華されたのかは分からないはず。

でも、種を明かしてしまえばこういうことなのでした。テレビ局の番組編成が、あなたを死に追いやったのです。再放送なんてしないで、古い洋画でも流しておけばよかったのにね。

計画が上手くいくように、私の虹に願いを掛けています。恐らく、今回ばかりは叶うでしょう。こういう願掛けをやり通すのが初めてだから、きっと最初で最後の一回くらい叶えてくれるはずです。

私は水島潤吾を殺す。

どんなことがあっても、絶対に。

■橙の手紙

手元に手繰り寄せられた殺意の手触りは、思いの外温かく、手に馴染《なじ》みました。あなたに裏切られてからずっと、私はこうしたかったのだと思います。

手紙を宛てる先であるあなたに言うのも妙な話ですが、殺す方法は決めてあります。というより、もう実行に移しました。

先日、私があなたに電話をした時のことを覚えていますか？　事務所に掛けた、あの電話です。

私は電話番号を変えていなかったから、きっとあなたは出ないだろうと思っていました。表示された番号には私の名前が――『妻』のままなのか『香取一花』に変えたのか分かりませんが――あったはずですから。

けれど、私の予想はあっさりと裏切られ、あなたは電話に出ました。思えば、脚本家とはチャンスを逃してはいけない仕事だから、という理由で、あなたはどんな相手でもすぐに電話に出ていましたね。きっと、ナンバーディスプレイなんて必要ないのでしょう。

ワンコールすら待たせず「はい、水島です」という、あっけらかんとした声に拍子抜けしたのを覚えています。私にとっては、まるで崖から飛び降りるような覚悟だったというのに。

私が恐る恐る「香取です」と名乗ると、あなたは呻き声とも溜息ともつかない声で応じました。けれど、切りはしませんでした。私達の間を隔てているものは、あなたが別れ際に言った「もう連絡してくるな」という言葉だけであり、私がそれを律儀に守っていたことが分断を生んでいたことを理解しました。

今になっても、あなたの言ったことを守る従順な私のままであるということです。そんな自分にも、私は心底うんざりしました。

私はなんとかしてあなたの事務所に行きたいと言いましたね。かつては私が切り盛りをしていて、今は馬淵吉乃《まぶちよしの》が取り仕切っているあの事務所です。

私が言うのもなんですが、馬淵吉乃が仕事をするようになってから、事務所は傍目から見ても荒れ始めました。それでも、あなたの中では私よりも馬淵吉乃の方が事務員として相応《ふさわ》しいと考えていたんですよね。

私は家に残された過去の脚本について話をしました。いずれ必要になるものだろうし、本来は事務所の書庫にしまっておかなければならないものだから、脚本は全てそちらに持っていきたい、と。

どうして今更、とあなたは当然の質問をしましたね。けれど、私が大掃除をしたからと言えばすっかり納得してくれました。こんなに上手くいくだなんて思いもしませんでした。咄嗟《とっさ》に考えた他愛も無い嘘なのに。

きっと、あなたの中にも後ろめたさがあったのでしょう。私が新生活を始める兆しがあるなら、それを邪魔したくないという気持ちがあったに違いありません。

私が持っていき、書庫にしまうと言った時にも、あなたは疑いませんでした。もし郵送することになったら、重い紙の束を書庫に収めるのは馬淵吉乃の仕事になってしまいます。そんな苦労を彼女にはかけたくないだろうなと思いました。かといって、自分でしまうようなことも、今のあなたはしないでしょう。

私は家に残されていた脚本の束を持ち、あなたの事務所に向かいました。あなたは当然のように外出していた上に、馬淵吉乃の姿すらありませんでした。さながら、悪魔のような前妻からするりと二人で逃げてしまったかのようです。代わりに事務所の番をしていたマネージャーに挨拶をして、私は書庫に向かいました。

書庫は可動式の本棚でいっぱいになっています。これだけの物語を紡いできたのだから、もう少し誰かの心に優しくあってほしい、と願わずにはいられませんでした。

私は持って来た脚本を棚に収めると、一番奥の棚の前に移動しました。

この書棚は高さが二メートル以上あり、備え付けられた三段の踏み台で上るようになっています。書棚の一番上の棚には、ダイヤル式の金庫が置かれていました。この中には、あなたが持っている別荘の鍵が入っています。あなたは毎年、冬になるとスキーに行く為に、この金庫を開けますよね。

私はこの踏み台に細工をしました。ネジを緩めて、上ると一番上の三段目が抜けるようにしたのです。即ち、あなたが金庫を開けようと踏み台に足を乗せた瞬間、転落するように仕込んでおきました。

こんなに回りくどい方法を取るのは、私が直接手を下した実感を得たくないからかもしれません。あるいは、心のどこかであなたに助かってほしいという気持ちがあるのかもしれません。私にも、自分の本当の気持ちが分からない。だから神に委《ゆだ》ねようとしたのかも。単に怪我をするだけになるかもしれませんが、当たり所が悪ければ死ぬ。あなたがバランスを崩した時にどこにも摑むところがないよう、書棚の棚板の間隔をあけておきました。

でも、何となく予感がします。私の企《たくら》みはきっと成功するし、あなたはこれで死ぬだろう。私は何食わぬ顔で書庫を出て、二度と戻ることのない事務所を振り返りました。

マネージャーは私が来たことをあなたに伝えたはずですが、あなたからの折り返しの連絡はありませんでした。

私はあなたのことを殺す為の仕掛けをしに行ったというのに、あなたからの言葉が無いことを悲しく思いました。そうして、あなたのことを殺したら、もう二度とあなたからの言葉がくることはないのだとも思いました。

こんなことをしてはいけない。いますぐやめなければいけない。

それなのに、身体が言うことを聞かないのです。

■黄の手紙

こんなことをしてはいけない、と思っているのにどうして止められないんでしょうか。自分の中で殺意が膨れ上がっていくのを感じます。私の中で、あなたが死ぬところがありありと目に浮かぶようになりました。それさえちゃんと完遂されれば、私はもう何もいらないと思うようになってきています。

ここから先は、私も思い出すのが苦しい話です。

馬淵吉乃。そして、『虹の残骸』の話ですから。

あなたが馬淵吉乃に惹かれていることは、傍目から見ても分かりました。証拠はありませんでしたが、言い逃れることは出来ないくらいでした。そもそも、あなたは隠そうともしていなかったように思います。証拠をつかんだところで、私があなたから離れられるはずがないと思っていたんでしょう。正解です。

興信所か何かを使えば、証拠を押さえることも簡単だったのかもしれません。ですが、私はそれをしなかった。証拠を押さえてしまえば、私はあなたと別れてしまうしかなくなるから。あなたは私に適切な金を渡して、大手を振って馬淵吉乃と一緒になるんでしょうから。

だから、そうしてはあげませんでした。どれだけ惨《みじ》めな思いをしても、あなたから離れてやらないつもりでした。

心が離れてしまっても、妻の立場であなたを縛れるならそれで構いませんでした。最後の最後になって、こんな結婚生活に何の意味があるのか、と言ったのはあなたです。でも、形だけでも持っていたかった。それだけが、私に残ったものだったから。

あなたもあなたで、世間体が気になっていたのだろうと思います。恋愛ドラマの帝王とも呼ばれる名高い脚本家が、妻と息子を捨てて新しい女に走るだなんてあまりにも外聞が悪すぎる。〝春夏秋冬シリーズ〟以降は目立った仕事もしていないあなただからこそ、余計にその懸念はあったはずです。

けれどあなたは、その二つの問題を同時に解決する方法を編み出しました。

それが書き下ろしの新作『虹の残骸』でした。

その内容が発表された瞬間、状況が一変しました。

あらすじはシンプルなものでした。虚栄心が強く、精神的に不安定で浮気を繰り返す妻・深花と、彼女に翻弄される脚本家のジュン。疲弊していくジュンは、ある日出会った世志乃という女性に惹かれるようになり、彼女との恋愛を通して再生していく、というものです。

あらすじを知った時の私の感情は、理解出来るでしょう。あなたはその為にあんなものを書いたのだから。

浮気を繰り返す深花は私、脚本家のジュンは潤吾、そしてジュンを救った世志乃は馬淵吉乃でした。実在の人物を当て書きした脚本を、あなたは発表したのです。

分かっていることでしょうが、私は浮気などしていませんでした。あなたにこれだけ執着している私が、どうして他の相手を見つけられるでしょう。

けれど、『虹の残骸』が発表された後は、そうなってしまった。眠れなくなった私が深夜徘徊をしていたことも、事務所を辞めた私があなたから離れたことも、全部事実です。でもそこに、この脚本のような浮気の事実は全く無かった。

でも、私の言葉は誰一人信じてくれませんでした。脚本家の水島潤吾が、身を切るような思いをして曝《さら》け出した脚本の前で、私の言葉がどれだけの価値を持ったでしょう。

勝手にモデルにされたことに対して訴えを起こすことも出来ましたが、それをすれば余計に、内容の信憑性が増す結果になってしまいます。

私はあなたの前で泣き喚き、どうしてこんなことをするのかと子供のように訴えかけました。けれどあなたは、まるでドラマの中のジュンであるかのように、被害者ぶった顔で「仕方ない」と言うだけでした。

あなたは円満離婚を求めてきましたね。もしそれに応じてくれたら、生活費も保証する上に、潤一の親権も渡すと交渉をしてきました。それでも、私は泣いて離婚だけは嫌だ、馬淵吉乃のところには行かないでと縋《すが》りました。

それを見たあなたの冷たい視線が忘れられません。与えることが出来るのなら、奪うことも出来るのだと、私は改めて気づきました。私には既に選択肢がありませんでした。

『虹の残骸』は初回が放送されるなり、大きな話題になりました。しばらく新作を発表していなかった水島潤吾の復帰作という意味でも特別な作品でしたし、きっとあなたの筆も乗っていたのでしょうし、そして何より、これが実話だとしたら面白くて仕方が無い。

私は話題になっているそのドラマを観ることが出来ませんでした。週刊誌の記者や水島潤吾のファンを名乗る人間からは頻《しき》りに感想を求められたけれど、私は何も答えたくなかった。観てしまったら、あれは違うと弁明してしまいそうで、観られませんでした。潤一にもお願いだから観ないでほしいと懇願しました。あの騒動の時、私を信じてくれたのは潤一だけだったのではないかと思います。潤一はどうしていいか分からないのか、ずっと私の背を撫でさすってくれました。

けれど、あれだけ流行《はや》ると聞きたくもないことが耳に入ってしまうものなんですね。『虹の残骸』では、ジュンが世志乃に対して虹の雌雄を教えるシーンがあるのだと聞きました。ドラマのロケ地になった新宿御苑で——よりにもよってあの場所で、ドラマを観た恋人達が同じように虹を探しにくるのだと聞いた時に、私の心は折れました。

裁判を起こす気力もありませんでした。結局、私は興信所に頼んですらいません。水島潤吾と馬淵吉乃に対抗する術を、私は何一つ持っていなかった。

でも、私は別にあなたに対抗したいわけじゃありませんでした。私は馬淵吉乃ではなく、他ならぬ私のところに戻ってきてほしいだけでした。それは裁判ではどうにもならないことでした。

結婚式に来てくれた何人が、この結末を予想していたでしょうか。もしかしたら、哀れみの目で私を見ていた数人の中には、この未来すら見通していた人もいたのかもしれません。

私もちゃんと覚悟をしていたはずなのに、結局どうすることも出来ませんでした。

私は生活費と親権と、あとは今住んでいるマンションと引き換えに、香取一花に戻りました。

『虹の残骸』は大ヒットを記録し、水島潤吾の代表作になりました。あなたは元から自分の身の回りにあったことを題材にして脚本を書く人間でしたから、本領発揮というわけです。

離婚が成立し、あなたがマンションを出て行く時に最後に言った言葉は「もう連絡してくるな」でした。まるで、自分が今まで私に苦しめられていたとでも言わんばかりの言葉です。もしかすると、あなたの中では、もうそういうことになっていたのかもしれませんね。あの時、私の前にいたのは水島潤吾ではなく、ジュンだったのです。でも、私が深花だったことは一度たりともなかった。

あなたが出ていってから、私は何一つやる気が起きず、毎日ぼうっと過ごしていました。

滾《たぎ》るような憎しみはあるのに、それを上回る喪失感と悲しみで動けませんでした。殺したい、という気持ちはこの時からあったのに、それは心の奥の、手の届かないところに置かれている、見果てぬ夢でした。

どうしてこんなことになったんでしょう。記憶を遡ってみても、自分がどこでどうしたら良かったのか、私にはよく分からないんです。あなたの心変わりをどうしたら止められたのか、どう引き留めたら、どう謝ったらあなたは赦してくれたのだろう、と、考えてもどうしようもないことばかりが頭を埋め尽くしました。

最早、潤一ですら私を救えませんでした。私は自分のところからいなくなったあなたのことだけを考え続けていました。心変わりを止める方法があったのではないかと、何度も何度も考え続けました。

すると、手の届かないところにあった殺意が、自分の手元にゆっくりと引き寄せられてくるのを感じました。水島潤吾が死んだら、私は救われるのかもしれない。そう思いました。

■緑の手紙

この手紙ももう四通目です。段々と、こうして心の内を曝け出すのにも慣れてきました。

あなたの心変わりについて、兆候があったと言われればそうなのかもしれません。

結婚式が終わって潤一が産まれた頃から、あなたの態度がなんだか変わったように思います。これで一段落がついた、というような感じでした。相変わらずあなたは私に優しくはありましたが、それはあなたが一定のラインを引いて決めた、生活費のような愛情でした。

一緒に散歩をしたり会話をしたり、映画を観に行くことは無くなりました。潤一がいるから仕方が無い、というのがあなたの口癖ではありましたが、私にはそれよりももっと深い理由があったように思えてなりません。

潤一が小学校に上がるまでの数年で、あなたは春夏秋冬シリーズを書き上げました。仕事に没頭する様は眩しかったのですが、私は何だか不安も覚えました。あなたは忙しくする理由を探しているように思えたからです。

忙しさを理由に帰ってこないあなたを心配しながらも、私には何も出来ませんでした。育児との兼ね合いもありましたから、事務所には週に二、三日しか顔を出していませんでした。

以前のようにスケジュールの管理をしたり、資料の手配をすることは無くなり、私に任されるのは単純な掃除などの雑用になりました。それだって必要な仕事であるとは理解していたのですが、あなたは敢えて私を重要度の高い仕事から外しているような気がしました。

私は子育てに追われ、この違和感をそのままにしておいてしまいました。もしかすると私も、あなたと向き合わなくてもいい理由を探していたのかもしれません。

春夏秋冬シリーズは恋愛ドラマとしては他に無いヒット作となりました。水島潤吾の名前は、もう忘れ去られることはないでしょう。

これであなたも少しはゆっくり出来るのではないかと期待したのですが、この頃のあなたは著名な脚本家として人前に出るようになっていた為、むしろ執筆だけをこなしていた時よりもずっと時間の余裕が無くなっていました。

それでも私はあなたと繋がっていたくて、再放送されていた『灰の一族』を録画しては、潤一と一緒に観たりもしました。潤一には内容が大人すぎてつまらなかっただろうと思うのですが、「お父さんが書いたものなんだよ」と言うと、なんだかんだ言って一緒に観てくれました。

それは小学校高学年であろうとも『灰の一族』が面白かったからかもしれませんし、再放送を観る私が泣いていたからかもしれません。

いつだったか、私が『灰の一族』を観ているところに、あなたが出くわしたことがありましたね。丁度、麻衣《まい》と静流《しずる》の別れのシーンだったから、泣いていても不自然ではないことに安堵しました。

私はあなたに「おかえりなさい」と言って、笑顔でテレビを指差しました。けれど、再放送がやってたの、と言う私の声が、何故か震えていたような気がしています。

あなたは冷たい目で私を睨むと「再放送なんかしないで、古い洋画でも流しておいた方がよっぽどマシだ」と言いました。

今になって分かったことですが、あなたは春夏秋冬シリーズを書き上げた後、スランプに陥っていたんですね。ヒット作を書き上げてしまったが故のプレッシャーで、潰れそうになっていたんだって。

そのことを教えてくれたのは、馬淵吉乃でした。

あなたが一番大切にしていて、私の代わりに全てを任せるようになったあの女です。最初は、地方から出てきて行くところが無いから、という理由で事務所に泊まるようになった住み込みの事務員でしたね。他に仕事が見つかったら、すぐに出ていくと誓約書まで書かされていました。

その潔癖なまでの建前が、一番危険だと本能的に思いました。そうまでしないと、馬淵吉乃はもっと早くに私達の生活を奪い去っていたでしょう。

馬淵吉乃が私とよく似た顔立ちをしていたことと、女優志望を名乗りながら水島潤吾に近づいたことも、不安を増長させました。だってそれは、近すぎる。

潤一が中学生になる頃には、馬淵吉乃が正式な事務員として雇われるまでになっていました。女優になる夢は、一体どこにいったのでしょうか。けれど、それを私が言えるはずもありませんでした。だって、馬淵吉乃と私はよく似ていた。

馬淵吉乃が正式な事務員として入ったので、私は家庭を守ることに専念させられるようになりました。週二、三日はあった事務員の仕事すら無くなり、私は事務所を去ることになりました。

これで主婦として潤一の面倒を見ることに集中出来るな、とあなたは珍しく機嫌良く言いました。私は最後まで、週に一日でもいいから事務員の仕事を続けさせてほしいと頼んだのですが、あなたはすげなく断りましたね。

私が物わかりのいい振りをして喜んでみせたのは、あれ以上あなたに嫌われたくなかったからでした。嬉しいだろう？　と言われる度に、私はその裏に「嬉しくないなら、」の仮定を見ていました。

私は、あなたの家族でいたかった。

不安で眠れなくなり、睡眠が不規則になりました。潤一を置いて、夜に出歩くようになったのもこの頃です。少しでも身体を疲れさせれば眠れるかもしれない、と当てもなく歩き回り、気づけばあなたの事務所に足が向いていました。

事務所は夜中であるにもかかわらず電気が煌々《こうこう》と点いていました。執筆が捗《はかど》っているのだろう、と自分に言い聞かせるように唱えます。けれど、私はその中で行われていることを知っているような気がしました。

私は無理に疲れさせた身体を引きずりながら、潤一の朝食を作り、彼を送り出す為に家に帰りました。

潤一が中学校に行くのを見届けた後、私にようやく眠気が訪れました。こうして無理をしなければ、眠れないような状況になっていました。

開け放したままのカーテンの向こうから、青空に掛かる虹が見えました。雌虹があるかは見えませんでした。見慣れた鮮やかな雄虹だけが堂々と浮かんでいます。たとえ雌虹が見えていたとしても、それが私であるとは思えませんでした。

意識が落ちる寸前、私は潤一のことだけを考えていました。

私の心の支えになっていたのは潤一だけでした。彼だけが、私と潤吾を繋いでくれるたった一つのもの、残った虹の一掛かりだと思っていました。

■青の手紙

潤一がお腹にいると聞いた時、あなたはすぐに結婚を選択してくれました。本当は、私は何も言わずにあなたの元を去ろうとしていました。まさか、あなたがそんな道を選択してくれるとは思わなかったからです。

私はまだ二十一歳になったばかりでしたが、あなたについていくことには何の不安もありませんでした。むしろ、こうして自分の願いが叶っていくこと自体が、不安ですらありました。この封筒は青、お誂《あつら》え向きのマリッジブルーですね。

私の方は結婚式に呼ぶ人間が両親しかいなかったので、招待客は大半があなた側の客でした。テレビで見た女優さん達や、有名な映画監督が参列してくれ、私はあなたの交友関係の広さに驚きました。

そのうちの一人に、潤吾がこんな感じの普通の嫁さんもらうなんてな、と驚いた調子で言われた時は、嫌な気持ちになるよりはむしろ「私もそう思う」と頷いてしまうような有様でした。

この頃は確か、後に春夏秋冬シリーズとして有名になる『春のさみだれ』が発表された頃だったと思います。今でこそシリーズはスピンオフも含めて長期シリーズになっていますが、この頃はまだ一本モノで終わらせる予定でしたよね。

こういうものは長く続けても仕方ないから、と笑っていたあなたのことを思い出します。やはり、予定って当てにならないものですね。

予定といえば、結婚式で私は色んな人から同じことを言われました。

「潤吾にはあんまり依存し過ぎちゃ駄目だ」という言葉です。判を押したように繰り返されるその言葉に、私は黙って頷くしかありませんでした。

この頃の私はまだ知らなかったのですが、水島潤吾はその当時から、誠実さとはかけ離れた人でした。有り体に言ってしまえば、私の他にも何人もの女と関係を持っていました。結婚に際して彼女達とは縁を切ったという話だけれど、そのまま信じられるかは怪しいということでした。

潤吾の好みは、物をあまり知らなそうな、自分の言うことをすっかり信じるような女なのだと囁かれました。その時私が思い出したのは、先述の虹の話などでした。確かに私はラフマニノフすらよく知りませんでした、と言うと、年嵩《としかさ》の映画監督は困ったように、それでも満足げに笑っていました。

まるで、のこのこと罠に掛かりにいった兎を見て、さもありなんというような顔でした。

けれど、私はもう妊婦用のウエディングドレスを着ている身でしたから、逃げ出すことも叶いませんでした。普通のドレスよりもゆったりと作られたそのドレスが、急に身体の輪郭に沿って誂えられた牢獄のように思えてしまいました。

それでも、その牢獄には水島潤吾が面会に来てくれるのです。なら、それ以上に望むものはありませんでした。

私に向けられる視線でより気になったのは、男性の参列者からのものではなく、華やかなパーティードレスに身を包んだ女性達の視線でした。敵意の籠もった冷たさには、鈍い私ですら気がつきました。

さっきの話に出ていた、あなたと過去に関係を持っていた女達でしょう。彼女達は美しかったけれど、どことなく私によく似ていて、野暮ったかった。水島潤吾の好みでした。

私は「これから自分の夫になる人は、ここまで多くの女性から心を寄せられているのだ」ということが不思議で、他人事のように眺めていました。誰もが水島潤吾とこうして寄り添いたくて、私は運良くその座をさらってしまったのだと思いました。私は彼女達であってもおかしくなかったし、彼女達が私であってもおかしくなかった。そう思うと怖くなりました。

私はお腹に手を当てて、生まれてくる子のことを思うことで心を鎮めました。大丈夫、だって私にはこの子がいるのだから。潤吾はこれからも私の一番であってくれるはず。

会場を涼しくする為のミストが作用したのか、式場には虹が架かりました。主虹と副虹が寄り添っていて、私とあなたみたいだ、と思いました。

参列者の応対をしていたあなたも、虹を見つけたその瞬間だけは私の所に来てくれました。そして、ほったらかしにしていた時間がそれだけで埋め合わされると言わんばかりに笑ったのです。私は本気で時間が止まればいいと思っていましたが、私が数えて十六秒も経つ頃には、虹はすっかり消えてしまいました。

■藍の手紙

こうして手紙を書いていると、幸せだったことばかり思い出されます。結婚式だって、不安だったけれど幸せでした。

そしてなにより、出会いのことは今でも幸せな記憶として焼き付いています。

あなたが初めて声を掛けてくれた時、私は自分に何も無いと思っていました。女優になりたいという理由で上京してくる女なんて掃いて捨てるほどいるのに、そのことを理解するにも、一年以上掛かってしまった。

あなたと出会ったのは、私の心が粗方折れ終えた後のことでした。

女優としての仕事はまともになく、研修生として所属している芸能事務所に払うお金を稼ぐのに必死だった私は、昼にやっている飲食店のバイトの他に、夜はホステスの仕事をしていました。

お酒はあまり好きではなかったけれど、笑顔を作るのは得意でしたし、鬱々《うつうつ》とした日日を送っていたので、誰かと話をするのは精神の安定にも繋《つな》がりました。

私があなたと出会ったのは、怖いくらいに上手くいった偶然でした。

当時、私の先輩だった人が「水島潤吾が来ている」と教えてくれ、私をわざわざあなたにつけてくれたのです。

水島潤吾の名前くらいは私も知っていました。当時のあなたは『灰の一族』をヒットさせたばかりで、ありとあらゆるところで話題になっていましたから。もう誰も疑うべくもない売れっ子脚本家です。水島作品に出たキャストは売れる、と評判になるほどでした。

先輩は私が女優志望であることを知っていましたから、多分、私にチャンスをあげるつもりだったのでしょう。ここで水島潤吾に気に入られれば、端役でもドラマに出してもらえるかもしれない。今思うと、単純すぎておかしくなるような作戦です。

でも、私もその計画に乗りました。先輩のように明るい未来を期待する、というよりは、どちらかというともうこれしか方法が無いのだと思い詰めていたような気がします。摑《つか》む藁《わら》の当てすらないから、選択肢なんか無かったわけです。

けれど、あなたに会った瞬間から、そんな打算は消えてしまいました。

あなたは隣に座った私に優しく接してくれました。売れっ子の脚本家だというから、きっと気難しいか傲慢かのどちらかだと思っていたのですが、あの頃のあなたはどちらでもなかった。私が女優志望であると聞くと、じっと私のことを見て「うん。君は向いてると思う。目が綺麗だから」と言ってくれました。

こんな口説き文句に落ちた私は、多分凄く単純なんだと思います。でもあの時、私にそれをくれたのはあなただけだった。

私は女優としての口利きをしてもらうことも、自分を売り込むことも、ホステスの仕事すら忘れてあなたに話をしました。そして気づけば、私の携帯電話にはあなたの電話番号とメールアドレスが入っていました。

それでも、こんなものは社交辞令の延長線上だと思っていたのに、あなたはその後も度々私に連絡をくれました。内容は他愛の無いものです。脚本の〆切がどうだとか、私の日々の様子を尋ねるものだとか。

私もそれに倣《なら》って、どうでもいいようなメールを送りました。ここでガツガツと役やコネを求めていかなかった辺り、私はもう夢を追うのに疲れていたのかもしれません。それを上手に察していたのか、あなたもそんなことは一言も送ってこなかった。

次第に私は、あなたに惹かれるようになりました。

忙しいあなたが時間を割いて言葉をくれる理由に、愛情の欠片《かけら》を当てはめたくなりました。

知っていたか分かりませんが、夜になるとメールが返ってくるかどうかを祈るような気持ちで待っていました。

あなたが返信をくれない夜の長さと、短くても返信をくれた朝の眩しさを甘やかに思い出します。仕方ないなと言わんばかりに送ってくれるのが嬉しくて、何度も読み返したのを覚えています。

そうして、あなたが女優を目指すのではなくて、自分の事務所で働かないかと言ってくれた時、私は自分の人生がパッと開けたような気がしたのでした。

あなたに好きになってもらえなくても構わない。ただ、あなたの人生の傍にいたい。

私はそう思うようになりました。

あなたが身の回りのことからインスピレーションを受けて脚本を完成させる人間だと知ってからは、出来るだけあなたの発想の助けになるよう、色々なことを調べたり、求められるままに話したりしました。

あなたの為だと言いながら、私は心のどこかであなたの物語の主役になりたかったのだろうと思います。平凡でささやかな私の人生も、水島潤吾の手にかかればきっと素晴らしい物語になるんじゃないかと夢を見たのです。もし仮に、あなたと離れることになっても、その物語さえあれば、私は生きていける。

ただ傍にあるだけで構わないと思っていたのに、あなたは私にどんどん心を許してくれるようになりました。初めて二人きりになった事務所で、あなたが一緒に雨が上がるのを待ってくれたこと。私はあの時、鞄《かばん》に潜ませたままの折りたたみ傘が見透かされてしまわないかが怖かった。

あなたが車に私を乗せてくれるようになって、助手席の位置がすっかり私好みになる頃には、私の全てはあなたになっていました。

今でも思い出すのは、あなたに教えてもらったことばかりです。あなたは私に、花の名前や作曲家・ラフマニノフの転調の仕方を教えてくれました。生きるのにおよそ必要の無いことは、大体があなたから教えてもらったことです。

虹には雌雄があるんだって、教えてくれたのもあなたでした。

覚えていますか？　事務所に忘れ物を届けに行った帰り、珍しく散歩をしたいと言って、私を新宿御苑に連れて行ってくれた日のことを。私は新宿御苑に行くのが初めてだったから、都会にこんなに大きな森があるだなんて知りませんでした。

湿った空気の中、その独特の重たさにそぐわない青空の下で、私達は二つ重なった虹を見ました。こんな風にかかる虹もあるんですね、と私が言ったら、あなたはあれは虹の夫婦なのだと返してくれたのです。

赤から始まり、橙、黄、緑、青、藍、紫とはっきり見える大きいのが雄の虹。紫から始まり、藍、青、緑、黄、橙、赤と傍らに寄り添う小さな虹が雌の虹。

あなたは寄り添う二つの虹を見ながら、まるで前から決まっていたかのように、自分達のようだと言いました。あの大きな虹が自分で、私はその片割れであるのだと。

私はすごく嬉しくて、そうでありたいと言いました。私はずっと、これからもそうでありたい。自分は目立たない、潤吾の傍に寄り添う雌の虹でいい。鏡合わせの位置に立つその虹を見ながら、私は強くそう思いました。

本当は、虹を見つけた時から自分達のようだと言われるんじゃないかと思っていて、怖かった。あなたの脚本の癖はもう知っていたし、キザなくらいベタなやり方をするのがあなたなのだと思っていたから。

私はあの日、虹なんか見たくなかった。そんな風に綺麗に喩《たと》えられるのは出来すぎていて嫌だった。虹なんかどうせすぐに消えるのに、そこに自分達を重ねても仕方がないと思った。

でも、未だに一番覚えていることはこの話でもありました。虹の手紙の存在を知った時もそうです。これは、私とあなたを繋ぐ最後のよすがなのかもしれないと思いました。憎しみしかなくなってしまった今の私を宥め、もう一度やり直させてくれる最後の頼みの綱なのではないかと。

この手紙は私の虹です。あなたが片割れと呼んでくれた、あの小さな雌の虹。私の手紙が紫色から始まり、この藍の手紙が二通目となるのは、それが理由。潤吾、あなたはもう覚えていないかもしれない。でも、忘れてしまうのならいっそあんなことを言わないでほしかった。ただの陳腐な、飾り気の無い恋愛でよかった。ハイライトになるようなことは一つも味わいたくなかった。

どうしてでしょう。気持ちを抑える為に始めたことなのに、なんだか自分の中で心が育っていくような気がするんです。いいことだけ思い出そうとしているのに。昔の思い出が綺麗であればあるほど、赦せないと思ってしまうんです。

私はこんなに幸せだったのに。あなたさえいれば何も要らなかったのに。

どうか、最後となる赤色の手紙に辿り着くまでに私の殺意が消えてくれますように。

お願い。
私はあなたを殺したくない。

人喰館の殺人

白井智之

Shirai Tomoyuki

Shirai Tomoyuki

白井智之

一九九〇年生まれ。東北大学法学部卒。二〇一四年、横溝正史ミステリ大賞の最終候補作『人間の顔は食べづらい』でデビュー。一六年、『東京結合人間』で日本推理作家協会賞候補、一七年、『おやすみ人面瘡』で本格ミステリ大賞候補となる。二二年、『名探偵のいけにえ　人民教会殺人事件』で本格ミステリ・ランキング第一位を獲得。他の著書に『そして誰も死ななかった』『名探偵のはらわた』『ミステリー・オーバードーズ』『死体の汁を啜れ』などがある。

1

「救助が到着するのは三日後になります」

無線機を握ったままホールを見回し、消防本部の男の言葉を復唱した。大学生の男女が「良かったね」と手を握り合う。会社の同僚だという大人たちは「随分先だな」「助かんないより良いでしょ」などとぼやいて、上司らしい男の顔を窺う。「ですよね、哲《てつ》男《お》さん」

「冗談じゃねえ」親玉らしい男が痰《たん》の絡んだ声を出した。「明日の午後、取引がある」

男の首に入ったタトゥーから察するに、勤務先はまともな会社ではなさそうだ。さぞかし大切な取引なのだろう。

わたしは黙って無線機を置いた。彼らを引き留めるには、今のわたしは疲れ過ぎていた。

「ビジネスは信頼が命だ。鶴《つる》ちん、ケン坊、えみりん、行くぞ」

哲男という男に促され、部下たちが下ろしたばかりのリュックを背負い始める。大学生の男がわざとらしく肩を竦《すく》めた。

わたしたち七人が山荘にたどり着いたのはつい三十分ほど前のこと。救出の目途がついた矢先、早くも四人が出て行こうとしている。

玄関の扉は金庫のように頑丈だった。鋼鉄製で、二十センチほど幅がある。閂《かんぬき》も太い。かつてこの山荘に暮らしていた人物は宝石でも持ち込んでいたのだろうか。

部下の一人が扉を開けると、大粒の雨がロビーへ吹き込んだ。強風でブナの幹が波のようにうねっている。

「取引が終わって、気が向いたら助けに来てやる。全員死んでた、なんてことにならないように気を付けてくれよ」

がはは、と哲男が笑う。フードの紐を締め、暗闇に足を踏み出す。

そのときだった。

黒い影が咆哮《ほうこう》を上げ、哲男に抱き着いた。

べきべきっ。板をまとめて折ったような音が鳴り、哲男の身体がくの字に曲がる。喉が膨らみ、直後に大量の血を吐いた。

「息ができねえぞ」

哲男が叫ぶ。黒い影は弄《もてあそ》ぶように哲男を転がすと、唯一、肌の出たところ——フードに覆われた顔にかぶりついた。ビニールのように顔が伸び、ばちんと千切れる。牙の間から皮膚がだらんと垂れ下がり、血と肉と脳がぼたぼた落ちた。

「まじで？」

部下の一人が呟く。声に反応したのか、黒い影がこちらを見る。

濡れて尖《とが》った毛。窪んだ瞳。黒く光る鼻。それは二メートルほどの羆《ひぐま》だった。鼻息を鳴らし、くちゃくちゃくちゃと哲男を咀嚼《そしやく》しながら、館の中を覗き込んでいる。

「早く閉めろ！」

大学生の男が叫んで、ホールの奥へ逃げ出す。

「哲男さん、すみません」

部下の男が扉を閉め、

「もう死んでるよ。仕方ない」

部下の女が閂を掛けた。

どんっ。扉が軋む。足元が揺れる。

どんっ。心臓が猛烈に拍を打つ。

振動は三十秒ほどで途絶え、雨音だけが残った。

突然現れた生物に頭を食われ、わけも分からないまま意識を失う。なんて死に方だろう。

わたしは熊に食われた男が羨《うらや》ましくてならなかった。

二年前の春まで、わたしは北海道警の刑事だった。数多《あまた》の狼藉者を刑務所へ送り込み、やくざや不良に命を狙われたことも数知れず。道民の暮らしを守るため、文字通り血と汗を流してきた。

だが二年前、妻と娘が殺された。廃屋に監禁した上、失血死するまで互いの身体を食べさせるという悍《おぞ》ましい手口だった。犯人は十五年前、刑事部に配属されて初めて逮捕した男だった。

わたしは抜け殻になった。わたしと知り合わなければ、わたしの子供に生まれなければ、妻と娘は今日も代わり映えしない日常を生きていただろう。道民の暮らしを守るなどと嘯《うそぶ》きながら、わたしは一番大切な家族を悪魔に差し出していたのだ。そう気づいてから、仕事をするのが馬鹿らしくなった。

蟹播山《かにはりやま》へ登ろうと思い立ったのは、生きているうちに少しでも自分を罰しておきたかったからだ。警察学校時代、登山訓練で崖から落ち、飢えと寒さで死にかけたことがある。たとえ同じ目に遭っても自分の過ちを償うには足りないが、それでもできることをやるしかない。そう考えていた。

夜明け前に山麓の宿を出ると、誰も通らない獣道を選んで、黙々と山頂を目指した。午前十一時過ぎ。生亀《うみがめ》の大楠と呼ばれる大木の前を通り過ぎ、山頂まであと数百メートルに迫ったところで、山が波打った。

楠の枝がざわめき、赤ん坊の頭ほどの石がごろごろと落ちてくる。狗尾草《えのころぐさ》の茎《くき》を摑んで地面にしがみつこうとしたが、すぽんと根が抜け、そのまま斜面を転がり落ちた。気づいたときには空に朱が差していた。五、六時間は意識を失っていたらしい。いつの間にか降り出した小雨が頬を濡らしていた。

水滴を拭って立ち上がると、三十メートルほど先に生亀の大楠が見えた。地の果てまで飛ばされたわけではなさそうだ。リュックを背負い直し、斜面を上った。

大楠の足元から見た景色は、まるで騙し絵のようだった。太陽へ枝を伸ばしていたはずの樹木が地面に寝そべっている。水平な道だったところに崖ができている。土砂崩れが起きたと理解するまでの数秒間、立っているのに横になっているような不思議な感覚に陥った。

「三半規管が変になりそうですよね」

声が落ちてくる。振り返ると、坂の上に数人の男女が集まっていた。その中の一人、太った男がこちらを見ている。わたしはまた斜面を上った。

「まるでトリックアートみたいだと思ってたんです」人と出会った喜びから、つい口調が軽くなった。「皆さんはどうしてここに？」

「おれたちは山頂から下りてきたんです」

別々に登山していた社会人四人と大学生のカップルが山頂で地震に遭い、行動をともにすることにしたのだという。

「救助はまだか。陽が暮れちまうぞ」

強面《こわもて》の男が怒鳴る。首元にアルファベットのタトゥーが見えた。会社の同僚だという四人組は、どれもカタギらしからぬ見てくれをしていた。

「あ、あの」大学生の男がブナ林を指す。「あっちに無人の山荘があるはずです。生亀に住んでた頃、不良がラブホ代わりにしてるって話を聞きました。電気は通ってないと思いますけど、雨風くらいは凌げるかと」

無断で侵入することになるが仕方ない。雨は勢いを増しているし、余震の恐れもある。大学生の男の提案に従って、一行は糸国館《いとくにかん》へ向かった。

2

明治四十二年の夏。糸崎国江《いとざきくにえ》が蟹播山の南西に別荘を建てたとき、周囲の山林に住んでいたのは狸《たぬき》と甦鹿《かもしか》と白鼬《おこじょ》くらいでした。

国江は元仙台藩士の実業家、糸崎広江《ひろえ》の長男で、第百五十四国立銀行を一代で倒産させた稀代の浪費家として知られています。夏になると花街の芸妓らを引き連れて蟹播山へ繰り出し、淫蕩の限りを尽くしました。山麓の生亀温泉の住人たちが、侮蔑を込めて糸国館と呼び出したのもこの頃だったそうです。

銀行が潰れ、国江がかつての部下らに殺されると、糸国館は野ざらしにされました。敗戦から占領期を経て、経済成長のとば口に立った昭和二十九年。廃墟同然だった糸国館を買い取ったのが、五十嵐蘭岳《いがらしらんがく》という風変わりな青年でした。蘭岳は敗戦直後から洋画家として活動し、タルシラ・ド・アマラルに影響されたデザイン性の高い作品で好事家に知られていました。昭和二十八年に十年来の恋人を肺病で亡くした彼は、翌年、蟠播山に身を隠します。この地が大変気に入ったようで、月に一度、山麓の生亀温泉へ食糧を買いに来るのと、数年おきに札幌や函館で個展を開くのを除き、山に籠って創作を続けました。

ところが昭和三十九年の夏。蘭岳は糸国館から姿を消してしまいます。生亀温泉の住人によると、蘭岳が動物に餌をやっていたせいで、数年前から館の周囲に熊が現れるようになっていたそうです。近くの山林で蘭岳のものらしい頭の皮が見つかったこともあり、彼が熊に攫《さら》われたのは間違いないと言われています。

十年後には東京のリゾート企業が糸国館を買い取り、仔熊荘と名づけた山荘をオープンしました。玄関の扉を頑丈なものに取り換え、猟銃免許を持つ職員を採用して、熊からの安全を訴えたそうです。しかし利用客が散策中に姿を消す事件が相次ぎ、一年足らずで営業を取り止めました。

糸国館は再び放置されます。二十年の歳月が流れ、建物は再び廃屋同然となりました。生亀温泉の住人たちは、いつしか糸国館をこう呼ぶようになっていました。

人を喰らう館、すなわち――

「人喰館《ひとくいかん》、とね」

大学生の男がにんまりと口角を上げ、尖った犬歯を見せる。

遭難から一夜明けた朝、午前九時。わたしたちはホールに集まって、持ち寄ったビスケットと鯖の缶詰でささやかな朝食を摂っていた。

「お前、熊がいんの知ってて、おれたちをここへ連れて来たのか」

話の後半、画家が失踪した辺りから、髭面の男の蟀谷《こめかみ》には青筋が立っていた。

「蘭岳画伯が失踪したのは三十年も前ですよ。今さら熊が出るなんて思わないでしょう」

「言い訳するな。哲男さんは食われちまったんだぞ!」

椅子を倒して立ち上がり、暖炉の上に飾られた猟銃を手に取る。太った男が「落ち着け」と宥めるのを無視して、大学生の男に銃口を向けた。悲鳴。そこへもう一人の大学生――恋人の女が歩み寄り、彼氏の頬をぴしゃりと打った。

「え」髭面が毒気の抜けた顔をする。「そっち？」

「その人の言う通りだよ。日野《ひの》くんが責任感じないのはおかしい」

大学生の女がきっぱりと言った。昨夜、誰よりも早く玄関から逃げ出す彼氏を見て、すっかり愛想が尽きたのだろう。

「す、すみません」

大学生の男はしおらしく頭を下げる。

「缶詰の蓋《ふた》で指を切った。絆創膏《ばんそうこう》をよこせ」

引っ込みがつかなくなったのか、髭面が意味もなく怒鳴った。大学生の男がポケットに手を入れ、「どうぞ」と古そうな絆創膏を差し出す。

「待って」白髪交じりの女が髭面を制した。「あんた、ゴムアレルギーでしょ。もしゴム製だったらどうすんの。救急車も呼べないんだから気を付けなさいよ」

まるで世話焼きの母親だ。髭面は何か言い返そうとしたが、言葉が続かず、八つ当たりのように猟銃を床に叩きつけた。

「言い争いはやめましょう。どうしたってあと二日は一緒に過ごすんですから」

わたしは年長者らしいことを言った。本音を言えば誰が喧嘩をしようとどうでも良かったが、黙り込んでいるのも空気がまずい。

「おっさん、学校の先生か？」

「二年前まで刑事をやっていました」

「刑事？」髭面が笑った。「そりゃいい。殺人事件が起きたらあんたに解決してもらおう」

わたしが名乗ったのをきっかけに、全員で自己紹介をする流れになった。

「光苔《ひかりごけ》大学農学部四年、伊佐美史緒《いさみしお》です」

二分前に恋人を引っ叩いた女が丁寧にお辞儀する。ベリーショートの金髪は垢抜けているが、べったりしたファンデーションは野暮ったく、どこかちぐはぐな印象を受けた。

「きみ、大学生っぽくないね」

「今年で二十四になります。東京の大学に入った後、家の都合でこっちに編入しました」

伊佐美は話し慣れた様子で付け加えた。

「おれは日野。大学生。こいつの彼氏っす」

引っ叩かれた方の男が続ける。ジーンズにスニーカーという山を舐めた出で立ち。波打ったベージュの前髪が額に張り付いている。やけに尖った犬歯と痩せた身体の組み合わせが子供っぽい印象を強めていた。

「鶴本《つるもと》だ。のびのび貿易って会社で観葉植物を売ってる。熊に食われた哲男さんがボスだった。ケン坊とえみりんは同僚」

髭面が野太い声で言う。彫りの深い顔立ちもあって原始人のようだ。十中八九、売っているのはただの観葉植物ではあるまい。

「剣持玄《けんもちげん》です。鶴ちんと同じ会社で働いてます」

ケン坊と呼ばれた男が続ける。地震の後、初めに声をかけてきた男だ。ひどく太っていて、鏡餅に手足が生えたような体形をしている。百キロはゆうに超えているだろう。話しぶりから察するに下っ端のようだが、妙にへりくだった態度からかえって狡猾な印象を受けた。

「衛藤《えとう》えみりです」

こちらは最年長だろう。薬物中毒者のように血色が悪く、白髪まじりの髪を後ろに結わえている。頼りがいのあるベテランのようにも、新入りをいびり倒すお局様のようにも見えた。

「あのう。勘違いだったら申し訳ないんですけど」自己紹介が済んだところで、巨漢の剣持が女子大生の伊佐美に尋ねた。「おれたち、どっかで会いませんでした?」

「人違いだと思います」

伊佐美は即答した。剣持が「やっぱり?」と頭を掻く。

わたしは彼女の反応に違和感を覚えた。本当に思い当たる節がなければ、即座に否定もできないはずだ。彼女はのびのび貿易なる会社と関係があったのだろうか――。

短く息を吐いた。

自分は刑事ではない。人のために汗を流す気力を失った者に、人の過去を掘り返す資格はない。

「あと二日で救助が来ます。それまで協力して乗り切りましょう」

再び年長者らしいことを言って、朝食の席を締めくくった。

糸国館はかつての主の欲望が結晶化したような建物だった。

館の真ん中にホールがあり、それを十の部屋が囲んでいる。玄関側の二つが倉庫とキッチンで、残りの八つが客室だ。

ホールは吹き抜けで開放感があり、調度品もバロック様式の派手なものが揃っている。だがホールを一歩出ると、まったく色気のない、田舎のホテルのような廊下が待っていた。客室は六畳ほどしかなく、家具も安っぽい。宴会で享楽に耽《ふけ》ることが優先され、休息には最低限の設備しか用意されていないというわけだ。

わたしたちは一つずつ客室を決め、食事以外の時間は各自で休息を取ることにした。わたしと大学生の二人は北側の部屋を、のびのび貿易の三人は南側の部屋を選んだ。

午後一時。ウッドチェアで微睡《まどろ》んでいたわたしは、パン、と鋭い音で目を覚ました。

部屋は昼間とは思えないほど薄暗かった。電気が通っていないから照明は点かない。

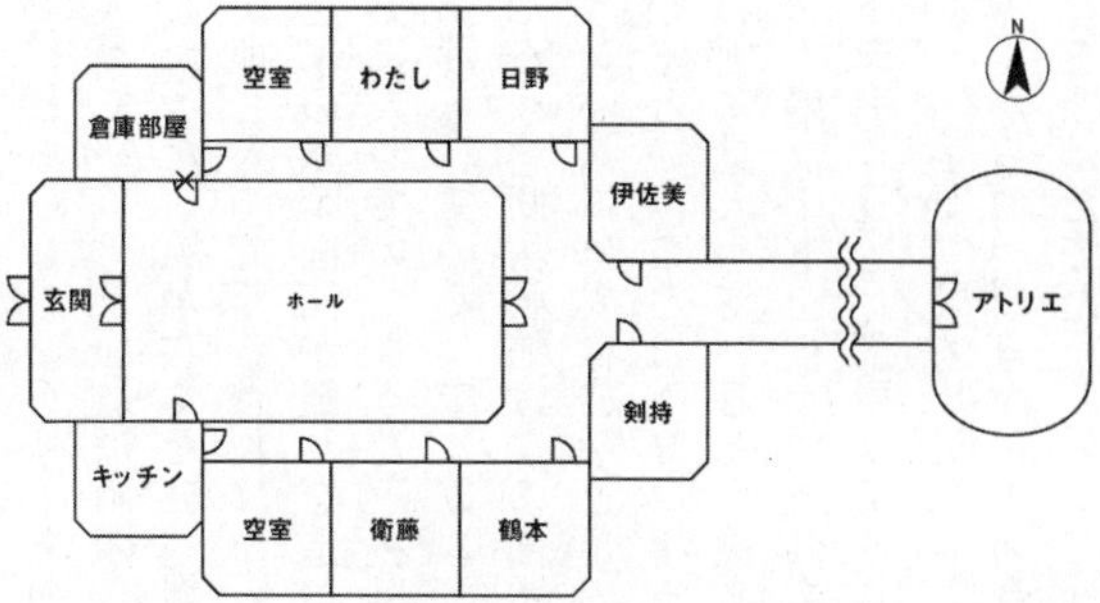

嵌《は》め殺しの窓を見ると、雨粒の群れがガラスを殴っていた。風も強まっているようだ。

部屋を出ると、ホールから男の笑い声が聞こえた。廊下を左へ進み、扉を開ける。鶴本と剣持、髭面と巨漢の二人組が煙草をふかしていた。猟銃は壁に掛かったまま。先ほどの音は銃声ではなかったらしい。

「変な音が聞こえませんでしたか」

そう声をかけると、巨漢の剣持が億劫そうに振り返った。

「離れっすよ。鎧戸《よろいど》がぱたぱた鳴ってるんです」

示し合わせたように、パン、と同じ音が鳴った。

ホールを出てまっすぐ歩く。渡り廊下を二十メートルほど進んだところに小さな離れがあった。

そこは客室よりもいっそうくたびれていた。前後の壁は平面、左右の壁は丸く膨らんでいて、どちらもコンクリートの打ちっ放し。入り口から見て左手前の壁には大きな亀裂が入っている。正面には両開きの鎧窓があったが、窓枠が歪み、鎧戸が片方しか残っていなかった。風が吹くたび、鎧戸がパンとガラス窓を叩く。幅は五十センチほどだから羆が押し入ってくる恐れはないが、それでも気は落ち着かない。

好色家の糸崎国江が離れを造った理由は言うまでもないが、五十嵐蘭岳の方もこの場所を気に入っていたようだ。右奥の壁の前にイーゼルが置かれ、30号サイズのキャンバスが掲げられている。床にゴム板が敷かれているのは、作業中に物を落として割らないためだろう。蘭岳画伯はこの部屋をアトリエにしていたのだ。

キャンバスには異様に手と足のでかい人間が描かれていた。これが当時のまま放置されているということは、リゾート企業は蘭岳画伯の作品に興味を持たなかったのだろう。

油彩画に見入っていると、後ろの壁の亀裂から大粒の雨が吹き込んだ。アウトドアジャケットのフードを被って離れを出る。

廊下を引き返し、部屋に戻ろうとしたところで、

「あいつ、食いてえな」

ホールからのっぴきならない台詞が聞こえた。この野太い声は鶴本だ。思わず息を止め、耳をそばだてた。

「動物は生命の危機に瀕すると交尾したくなるんだ。あいつも今ごろ発情してるはずだぜ」

「伊佐美史緒ですか？　あいつ、まだガキですよ」

低い声が応える。こちらは剣持だ。

「おれのタイプを教えてやろう。十個下の巨乳だ」

「二十代の頃どうしてたんすか」

「大変だった。いろいろな」

「淫行すか」

「人聞きの悪いこと言うな。それに伊佐美は大学生だ。大学生とやんのは淫行じゃない。ほら、哲男さんも捕まんなかっただろ」

「ん……あれ？」

剣持が口ごもった。聞き耳を立てているのがばれたのかと思いきや、

「分かった。あいつ、夢乃《ゆめの》モネだ」

「は」

「AVに出てたんです、あの子。二本で引退しちゃったんで、家族にばれたんじゃないかと思うんすけど」

伊佐美は東京の大学に入学した後、光苔大学へ編入したと話していた。家の都合とい

うのは嘘で、同級生にAV出演がばれて退学を余儀なくされたのかもしれない。どこかちぐはぐなベリーショートの金髪や厚手の化粧も、顔の印象を変えるためだとすれば腑に落ちる。

「おっぱいでかい？」

「Aです」

「死ね」

「でも下がすげえ濃いです」

「へえ。良いじゃん。意外と良いじゃん。おれ、今晩食うわ」

「駄目ですよ。彼氏いるんすから」

「引っ叩かれてたガキか？　あんなの別れたようなもんだろ。今ごろ一人で寂しがってる。ああいう女が一番やりやすいんだよ」

かつての自分なら迷わず二人にお灸を据えていただろう。でも今の自分にそんな気力はなかった。

「お前、ハンディカメラ持って来てたよな。貸せよ」

「撮りながらやる気すか？」

「そうだ。動画をばらまくって脅せば、あいつは一生おれに逆らえなくなる。AV女優がおれの奴隷になるんだ」

がはは、と鶴本が笑う。

何も聞いていない。自分にそう言い聞かせて、部屋に戻った。


午後八時。六人でホールに集まって、夕食を摂った。

日野は伊佐美に「寝れた？」「風邪引いてない？」「お腹いっぱい？」などと殊勝に声をかけていたが、伊佐美はまともな返事をしなかった。恋人に嫌気が差したのは本当らしい。そんな二人をちらちら見て、鶴本と剣持が品のない笑みを浮かべていた。

部屋に戻ると、ベッドに寝そべり、ピルケースから睡眠薬を取り出した。

客室の扉に錠は付いていない。このまま手を打たなければ、鶴本と剣持は伊佐美を襲うだろう。せめて伊佐美に恋人の部屋で眠るよう伝えるべきではないか。そんな考えも過ったが、正義漢めいた真似をする気にはなれなかった。

わたしは錠剤を舌に載せ、ペットボトルの水を飲み込んだ。


パン。

鋭い音で目を覚ました。

空が白んでいる。雲はまだ多いが、雨はやんだようだ。風音も聞こえない。腕時計を見ると午前五時を過ぎたところだった。

パン。もう一度同じ音が鳴った。

胸騒ぎに急き立てられ、部屋を出る。廊下を進むと、剣持が自分の部屋の前で煙草をふかしていた。

「ここは通行止めです。取り込み中なんで」

ニヤニヤ笑いながら、離れへ続く廊下を塞ぐ。

「大きな音が聞こえなかったか」

「鎧戸がぱたぱた鳴ってるだけですよ。この話、昨日もしませんでした？」

「風はやんでる。鎧戸の音じゃない」

唇から煙草が離れた。風の音が聞こえないことに気づいたのだろう。

「お前ら、伊佐美さんを離れに連れ込んだだろ」

剣持が声を詰まらせる。図星らしい。

巨体を押しのけ、廊下を駆けた。

離れの扉を開ける。

火薬の臭いが鼻をついた。二年前まで日常だった光景がそこにあった。

「うわあっ」

後を追ってきた剣持が、中を覗き、大きな尻餅をつく。

右手のゴム板に素っ裸の男女が倒れていた。うつ伏せの男が仰向けの女に被さっている。男の後頭部と女の胸に穴が開き、溢れ出た血が互いを赤く染めていた。

鶴本と伊佐美は正常位でつながったまま死んでいた。

3

わたしの胸にまっさきに去来したのは、怒りでも驚きでもなく、五十嵐画伯への同情だった。

俗世との関わりを断ち、十年にわたり静かに創作を続けたアトリエ。そんな特別な場所をホテル代わりにされた挙句、大量の血で穢《けが》されてしまったのだ。

鶴本と伊佐美が性行為の最中に殺されたのは間違いなさそうだった。うつ伏せの鶴本が仰向けの伊佐美に被さっている。鶴本が伊佐美を犯しているところに犯人が現れ、ものを抜く間も与えず二人を撃ったのだろう。

念のため手首に触れると、脈はなく、すでに体温も下がり始めていた。手や足には薄く死斑《しはん》が出ている。死後三十分から一時間ほど経っているようだ。死亡推定時刻は午前四時から四時三十分といったところか。

小窓の前には灯ったままの懐中電灯、部屋の中央には二人のアウトドアウェアや下着があった。鶴本の下着は皺だらけで、一見、汗で濡れているように見える。だが触れてみると湿気はなかった。

銃創を観察していると、本館から日野と衛藤がやってきた。剣持の悲鳴が聞こえたのだろう。二人は尻餅をついた剣持に目を止めてから、おそるおそるアトリエを覗いた。

「し、史緒！」

日野が死体のもとへ屈《かが》み込む。恋人を置いて羆から逃げた男も、恋人が別の男に抱かれて死んでいるのを見たら取り乱すものらしい。

「現場保存が必要です。死体から離れて」

わたしは日野の肩を摑んでアトリエから押し出した。

五十嵐画伯の亡霊が二人を撃ち殺した、なんてことはありえない。容疑者は剣持、衛藤、日野の三人。この中の誰かが二人を撃ち殺したのだ——。

ふと我に返った。

わたしはもう刑事ではない。事件を捜査する義務も権利もないのだ。

「出過ぎた真似をしました」

小さく頭を下げて、本館へ引き返した。

「うわ。無線、壊れてんだけど」

消防本部に事件発生を伝えようとした衛藤が、無線機を一同に向ける。筐体《きようたい》が抉《こ》じ開けられ、電子基板が引き出されていた。

「昨日、刑事さんが連絡したときは無事でしたよね」

日野が声を歪ませる。

「犯人が壊したんでしょ」

「何のために？」

「わたしたちを孤立させるためでしょうね」

「それ、映画で見ましたよ。犯人はぼくたちを皆殺しにするつもりなんだ」日野は節くれだった指でわたしの腕を摑んだ。「刑事さん、助けてください。ぼく、死にたくない」

「わたしはもう刑事じゃありません」

「さっきから変ですよ。なんでそんなに卑屈になってるんです？」

無線機の残骸を棚に置きながら、衛藤が言った。下手な言い訳ではごまかせそうにない。

「わたしは家族を殺したんです」

「誰を？　おじいちゃん？」

「妻と娘です。二人はわたしのせいで命を落としました。市民の暮らしを守ることに人生を捧げてきたつもりでしたが、気づかないうちに一番大切なはずの家族を危険にさらしていた。わたしの仕事には何の意味もなかったんです」

気まずい空気になるかと思いきや、衛藤はぷっと唾を飛ばした。

「子供みたいなこと言うんですね。あはは」

「何がおかしいんです」

「大抵の人間は誰の役にも立たないくだらない仕事をして死ぬんですよ。働いて、飯食って、暇ならセックスでもして。仕事に意味があると思い込んでるのは医者か教師か警察官くらいじゃないですか」

怪しい観葉植物を輸入する会社の社員に言われると説得力があった。

「この中に殺人犯がいる。わたしたちはびびってる。あんたには刑事の経験がある。そのことに意味があるとは思いませんけど、犯人を見つけてくれたら感謝くらいしますよ」

そんなものか。退屈しのぎに犯人を探してみるのも悪くないという気がした。

「やれるだけやってみましょう。昨夜は夕食の後、すぐに睡眠薬を飲んで寝てしまいました。皆さんが朝までどこで何をしていたか教えてください」

まず日野が口を開いた。

「部屋に戻ってベッドで寝転んでたら、だんだん史緒の態度に腹が立ってきたんです。それで説教してやろうと思って、あいつの部屋に乗り込んだら、倉庫部屋の方から悲鳴が聞こえました。初めは熊が出たのかと思ったんですけど、そんなやばい感じでもありません。史緒と二人で様子を見に行くと、倉庫部屋でその二人が右往左往してました」

日野は細い指で剣持と衛藤を指した。

「食糧を探してたんだ。缶詰だけじゃ腹が減って仕方ないから」剣持が顎《あご》の肉を揺らして弁明する。「そしたら何が起きたと思う？　天井板の隙間から蝙蝠《こうもり》が降ってきたんだよ」

「実はぼく、蝙蝠が大嫌いなんです」日野が続ける。「黒いし、でかいし、うるさいから。それで腰を抜かしちゃって。蝙蝠は五分くらい倉庫部屋を飛び回った後、屋根裏へ戻りました。衛藤さんが脚立に上ってずれた天井板を戻してくれたんで、ぼくもようやく正気に戻りました」

わたしが睡眠薬を飲んで寝ている間に漫画のような騒動が起きていたらしい。

「それが九時くらいですね。その頃には説教する気力もなくなっちゃって、一人で部屋に戻りました。やることもないんで十時には寝たと思います。それからこの騒ぎで目を覚ますまで、ぐっすり眠ってました」

午前四時から四時三十分のアリバイはないということだ。

「あなたは蝙蝠騒ぎの後、どうしましたか」

衛藤に水を向けた。

「日野さんと同じで、すぐ部屋に戻りました。二時ごろまで寝つけなかったんですけど、特に何もしてませんし、物音も聞いてません」

やはりアリバイはない。

「剣持さんはどうですか」

「おれはホールでしばらくぼーっとして、十時前に部屋へ戻った。すぐ眠ったんだが、四時くらいに鶴ちんに起こされた。で——」剣持は気まずそうに日野を見て、「二人で夢乃モネの部屋に行った」

「夢乃モネ？」

衛藤が目を細める。

「伊佐美史緒のこと。あの子、AVに出てたんだよ。鶴ちんは伊佐美を離れに連れて行こうとした。部屋でやったら隣の恋人にばれちまうからな。伊佐美は呆然としてたけど、外に出して熊の餌にするぞって脅したら大人しく付いてきた」

日野は剣持を睨んで、精一杯の暴言を吐いた。「死ね」

「おれはやってないからな。自分の部屋の前で一時間くらい見張りをしてただけ。そろそろ終わるかと思ったところで刑事のおっさんが来て、死体を見つけたんだ」

「見張りをしてる間に廊下を通ったのは誰？」衛藤が膝を乗り出した。「その人が犯人でしょ」

「いや。誰も通ってない」

「は？」

「本当さ。刑事のおっさん以外は見かけてもいない」

衛藤が詐欺に遭ったような顔をする。わたしも同じ気分だった。廊下を通らなければアトリエの二人を撃ち殺すことはできない。誰かを庇《かば》って嘘をついているのだろうか。真実を摑むには手掛かりが足りない。わたしはもう一度、現場を見に行くことにした。

「そろそろ食事にしましょう」


容疑者たちは残りわずかの缶詰を開け、朝食兼昼食を摂った。

「お前、自分の恋人が夢乃モネだったのは知ってたのか」

日野と剣持は口を開けばＡＶの話ばかりしていた。密輸業者の社員と三流大学生ではろくな話題がないのだろう。

「付き合い始めたときに教えてもらいました。ケン坊さん、史緒のＡＶ持ってるなら譲ってくれませんか」

日野が真面目な顔で言う。

「死んだ恋人のセックスが見たいのかよ」

「人に見られるのが嫌なだけです」

尖った犬歯で唇を嚙んだ。

「持ってねえよ。レンタルで見たんだ」

「いつ頃ですか？　彼女に打ち明けられてすぐ、事務所やらメーカーやらに頼み込んで廃盤にしてもらったんで、もう売ってないはずなんですけど」

「じゃあその前にビデオ屋が仕入れてたんだろ。棚はとっくに入れ替わってるだろうし、おれだって死んだ女で抜こうとは思わねえよ」

ようやく安心したのだろう。日野は思い出したように缶詰を取り、鯖の水煮を口へ放り込んだ。

食事を終えると、わたしは一足先にホールを出た。まずは倉庫部屋へ向かう。ホールと倉庫部屋は隣り合っているが、間の扉が本棚で塞《ふさ》がれているため、廊下を回り込まなければならない。山荘だった頃、客が迷い込まないように塞いだのだろう。

廊下を左に折れ、まっすぐ進んで正面の扉を開ける。客室と違って窓がなく、真っ暗だった。蝙蝠が降ってきたらパニックにもなるだろう。

懐中電灯で中を照らすと、棚にアウトドアウェア、タオル、箒、ゴミ袋、工具、脚立などが並んでいた。奥の棚の上には猟銃も見える。

ぽたっ。屋根裏に溜まっているらしい雨水が床へ落ちた。

懐中電灯を頭上に向けると、腐ってスカスカになった横木の上に縦長の天井板が並んでいた。風が吹くだけでカタカタと板が揺れる。軽い余震でもあればまた屋根裏の住人が出てきそうだ。

蝙蝠騒ぎが後の殺人のきっかけになった、と考えるのはこじつけが過ぎるだろう。気を取り直して廊下を引き返し、渡り廊下を抜けて離れへ向かった。

アトリエはモノクロ写真のようだった。壁は鼠《ねずみ》色、床のゴム板は黒。キャンバスの油彩画も黒っぽく霞《かす》んでいる。そんな抑制の利いた空間の中で、血を流した二つの死体だけが鮮やかな色彩を纏《まと》っていた。

扉の前に立って部屋を見回し、ふと違和感を覚える。

数秒考えてその正体に気づいた。死体の載っているゴム板に付いた血が、風に吹かれたように、同じ方向へ流れているのだ。

ゴム板が傾いているようには見えない。事件発生時、床との間に何かが挟まっていたのだろうか。ゴム板の角を持ち上げて下を覗いてみたが、鼠色の床に血が溜まっているだけだった。

ゴム板をもとに戻し、膝をついて二人の死体を観察する。うつ伏せで上に被さった鶴本は、後頭部に穴が開き、噴き出た血と脳が髪を汚していた。上半身を起こすと、眉間にも穴が開いている。伊佐美を犯していたところを撃たれ、銃弾が眉間から後頭部へ貫通したようだ。弾道の先を見ると、イーゼルに置かれた油彩画の木枠に銃弾がまっすぐめり込んでいた。

一方の伊佐美はというと、こちらは仰向けで胸の真ん中を撃ち抜かれていた。動脈が破れ大量の血が噴き出ている。鶴本とほぼ同時に、犯されていた姿勢のまま撃たれたのだろう。死体の下を覗くと、こちらも貫通した銃弾がゴム板にめり込んでいた。

「ん？」

鶴本と伊佐美の下腹部が重なったところに、ハンディカメラが挟まっていた。

――お前、ハンディカメラ持って来てたよな。貸せよ。

壁越しに聞いた、鶴本の野太い声がよみがえる。

アウトドアジャケットの袖を引っ張り、指紋を付けないようにカメラを取り出した。電源スイッチを押すと、液晶モニターに動画のサムネイルが並ぶ。大半は子供の動画だったが、右下の一つにだけ女の裸が写っていた。

画像を押して動画を再生する。故障したテレビのようなノイズに、肉のぶつかる音が重なった。伊佐美の裸体がゴム板を背に上下に揺れている。鶴本はカメラを構えながら腰を振っているらしい。レンズは陰茎が写らないぎりぎりの辺りをキープしていて、手振れもほとんどなかった。刑事だった頃、現場検証でよくカメラを回したが、揺れを防ぐスタビライザーを使わずにこれだけの動画を撮るにはかなりの経験がいるはずだ。この男、初めてではない。

モニターの右下には「1994-9-10　4:18:03」と時刻が表示されていた。代わり映えしな

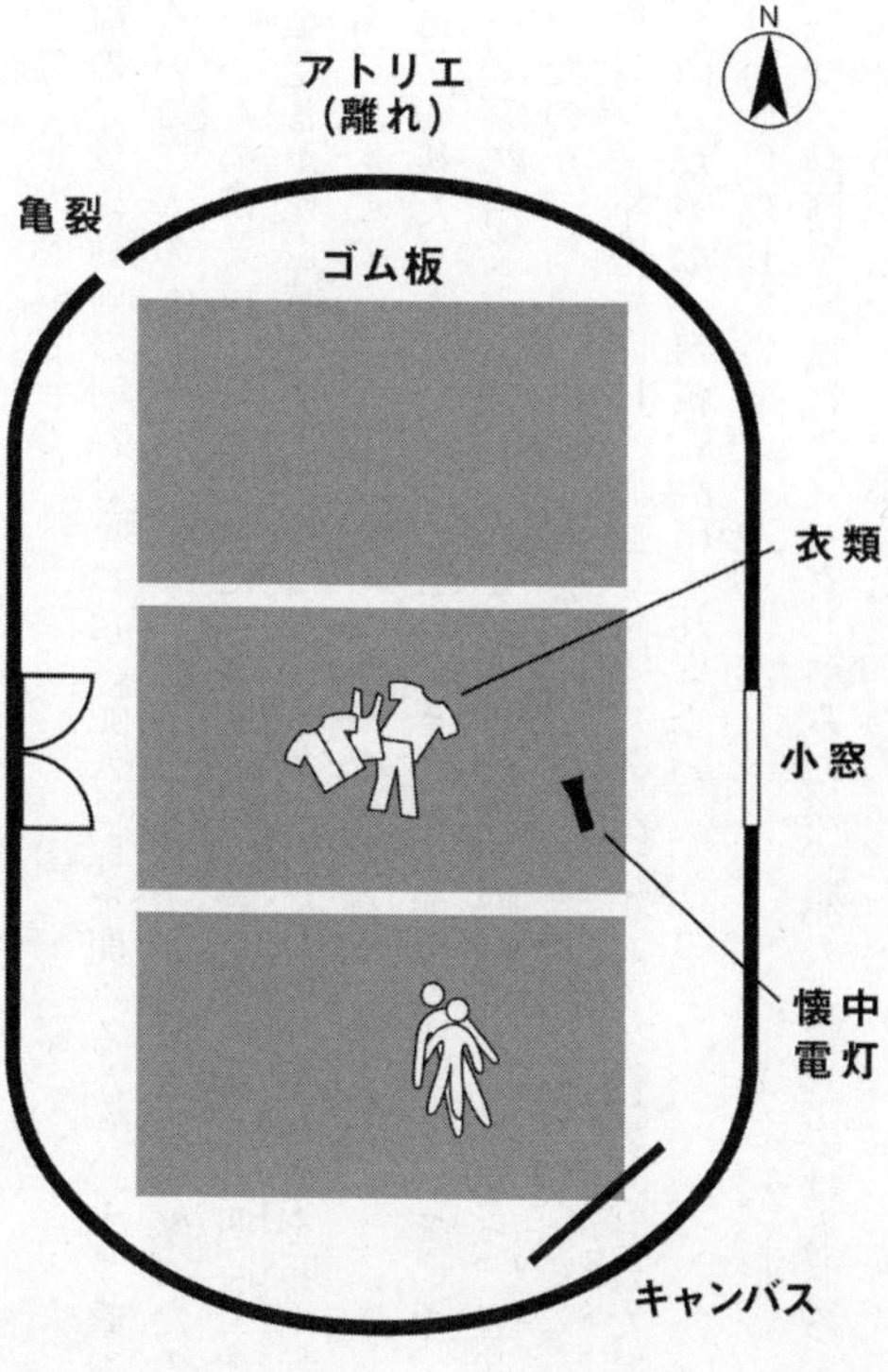
アトリエ
(離れ)
亀裂
ゴム板
衣類
小窓
懐中
電灯
キャンバス
N

い映像が三分ほど続いたところで、ふいに銃声が轟《とどろ》く。映像が大きく揺れ、どこかの肌が大写しになった。伊佐美の悲鳴に続き、二発目の銃声。激しいノイズとともに映像が暗転する。時刻は「4:21:33」。

目の前の光景に動画の内容を重ねた。犯人は扉を開けるなり、まず鶴本の頭を撃って殺害。次いで二人のもとへ歩み寄り、悲鳴を上げる伊佐美の胸を撃ったのだ。

気になったのは銃声の時刻だった。カメラに記録された時刻は四時二十一分。死体発見時に推定した死亡時刻ともずれはない。わたしたちは鎧戸が窓を叩く音に慣れ切っていたから、誰もこの銃声を気に留めなかったのだろう。

問題はその後だ。わたしは午前五時過ぎにも二発の銃声を聞いていた。風はやんでいたから、鎧戸の音ではない。二人が殺されたのが四時二十一分なら、五時過ぎのあの音は何だったのか。

試しにレンズを壁に向け、動画を撮ってみる。モニターに表示された時刻は、腕時計の時刻と同じだった。内蔵時計にずれはない。

犯人は何かを隠している。

もう一度、動画を慎重にチェックしてみたが、犯人の声や姿はもちろん、手掛かりになりそうなものも見つからなかった。

撮影した動画を削除しておこうと、壁の写ったサムネイル画像を押す。動画の下の削除ボタンへ指を動かしたところで、鶴本の動画との違いに気づいた。

わたしが撮影した動画には、わたしの息遣いの他に音が入っていない。だが鶴本が撮影した動画には、二人の肉がぶつかる音に加え、故障したテレビのようなノイズが流れていた。この違いはいったい――。

ふいに殺害の瞬間の光景が脳裏に浮かぶ。

そこには猟銃を構えた犯人の姿がはっきりと像を結んでいた。

4

「安全に山を下りる方法が分かりましたよ」

遭難から三日目の朝。ホールにやってきた日野は、珍しい虫でも見つけた子供のような顔をしていた。

「死体を囮《おとり》にするんです。二人の死体で熊を誘《おび》き寄せて、その隙に山を下りるんですよ」

「あんた、その死体の女と付き合ってたんだよな？」

剣持が眉を顰《ひそ》める。

「そうですよ。でも死んでるんですから、熊に食われたって痛くも痒くもありません」

「犯人が何を考えてるのか知らないけど、一番いかれてるのはあんただね」衛藤が首を竦めた。「今日中に救助隊が来るんだから、今さらそんなことしても意味ないでしょ」

「ぼくは殺されたくないだけですよ。ねえ刑事さん、まだ犯人は分からないんですか？」

日野が縋《すが》り付いてくる。

「犯人は分かりました。一晩じっくり考えて、間違いないのを確かめたところです」

日野は目をひん剝いた。剣持が咳き込み、衛藤が「へえ」と足を組む。

「とはいえ衛藤さんの言う通り、もうすぐ救助隊がやってきます。今、犯人を明らかにすることにはたして意味があるでしょうか」

三人が視線を交わす。口を開いたのは衛藤だった。

「別に意味なんてない。ただ、誰が二人を殺したのか一刻も早く知りたい。それだけですよ」

彼女の言葉は、わたしが期待した通りのものだった。

「分かりました」

わたしは咳払いをして、なぜ犯人が分かったのか説明します」

わたしは咳払いをして、アトリエで見つけた不自然な血痕や、ハンディカメラの動画について説明した。

「わたしが銃声で目を覚ました時刻と、ハンディカメラに記録された銃声の時刻には、約四十分のずれがありました。犯人はこの四十分間、何をしていたのか。現場に手を加えたのかもしれませんし、自分に不利な証拠を処分したのかもしれません。そしてそれをする時間がなかったと思わせるために、もう一度、窓の外へ向けて銃を撃ったんです」

「犯人は何をやったんだ？」

剣持がたるんだ顎を撫でる。

「それを突き止めようとすると可能性の沼に落ちます。わたしは発想を切り替えました。犯人がやったことではなく、犯人がやらなかったことの方を考えてみたんです」

「何だそりゃ」

「鶴本さんは撃たれる瞬間までハンディカメラを回していました。犯人も当然、彼が手にしていたカメラに気づいたはずです。自分の姿が写っていないか気になり、モニターで動画を確認したでしょう。でも犯人はそれを削除しなかった。十分な時間があったにもかかわらずです」

「日野くんは犯人じゃないってこと？」衛藤が瞬きせずに言う。「この子が犯人なら恋人の動画を残しておくはずがない」

「そんな単純な話じゃありません。たとえ自分の姿が写っていなくても、小さな液晶モニターを見ただけでは、そこに何らかの手掛かりが写り込んでいる可能性が否定し切れない。わたしが犯人なら絶対に削除しますよ。犯人がこの動画を残したのには相応の理由があるはずです」

「削除の方法が分かんないくらい機械音痴だったんじゃねえか」

「だったらカメラごと壊すか、持ち出してどこかに隠すはずです。犯人は動画を確認した上で、わざとそれをわたしたちに見せたんです。何らかの手掛かりが写っている可能性を考慮しても、自分の身を守るには動画を見せた方が良いと考えたんでしょう」

「何が言いたいのか分からないんだけど」

「動画には視覚情報の他にもう一つ、要素があります。音声です」

わたしは自分の耳を指した。

「問題の動画を再生すると、故障したテレビのようなノイズが聞こえました。試しにアトリエで動画を撮ってみましたが、同じ音は聞こえませんでした。

この音はいったい何でしょうか。一般的な場所では車のエンジンや空調設備などの環境音がノイズになりますが、電気のない山荘でそんな音は鳴りません。外で風が吹いていたのかとも思いましたが、それなら鎧戸の鳴る音が同時に聞こえるはずです。考えられる可能性は一つ。四時十八分から二十一分の時点で、この山荘の周辺では雨が降っていたんです」

剣持が肘を掻く。「だから?」

「一昨日、鎧戸の音が気になって離れを見に行ったとき、わたしは雨を浴びてしまいました。壁に大きな亀裂が入っていたからです。鶴本さんが伊佐美さんを連れ込んだときも動画に音が残るほどの雨が降っていたのなら、やはり亀裂から雨が吹き込んでいたでしょう。いくら興奮していても、雨水がかかっていたらセックスどころではないと思いませんか」

「やったもんはやったんだろ」

「床に脱ぎ捨てられていた鶴本さんの服は湿っていませんでした。たった四十分で乾いたとは思えません。アトリエに雨は吹き込んでいなかった。これは事実です」

「なんで雨が吹き込まなかったんだ」

「鶴本さんが何かで壁の亀裂を塞いでいたんです」

「亀裂を塞ぐもの――」剣持が膝を打った。「油絵か」

「そうです。鶴本さんは部屋の南東側に置かれていたキャンバスとイーゼルを、亀裂のある部屋の北西側へ動かしていたんです。

このことからもう一つ、重要な事実が導かれます。油彩画の木枠には銃弾がまっすぐめり込んでいました。あの絵が部屋の北西側にあったとすれば、犯人はその向かい、つまり南東側から猟銃を撃ったことになります。犯人は廊下から扉を開けてアトリエに入ったのではなく、外から鎧窓を開けて二人を撃ち殺したんです」

「犯人は外に出たの？」

衛藤はあんぐりと口を開けた。

「はい。犯人は二人を撃ち殺すため、熊に襲われる危険を冒して館の外へ出たんです。犯人は凶行を終えてから、油彩画の位置が変わっていることに気づいたんでしょう。ハンディカメラの動画は手振れもなく伊佐美さんだけを写し続けているので、油彩画が移動していることは分かりません。キャンバスの裏面は雨で湿っていたはずですが、元の位置へ戻しておけば裏を覗かれる心配もないでしょう。合わせて死体も部屋の反対側へ動かしておけば、犯人が扉から押し入ったように見せかけることができる。そうすれば自分を容疑者圏外に置けると考えたんです。動画を削除しなかったのは、犯行の瞬間を視覚的に見せ、現場で起きたことを具体的にイメージさせることで、かえって偽装がばれにくくなると考えたからです。

死体がゴム板に載っていたのも幸いでした。手前と奥のゴム板を入れ替えるだけで、死体の位置を変えられるからです。血が同じ方向へ流れた痕があったのは、犯人が運ぶ途中でゴム板を傾けてしまったからだと思います」

館の外から足音が聞こえた。救助隊がやってきたのだろう。今ならまだ引き返せる。犯人を指摘しないまま、四人で山を下りることができる。

「犯人はこの中にいます」

それでもわたしは続けた。意味などない。ただ、そうしたかったから。

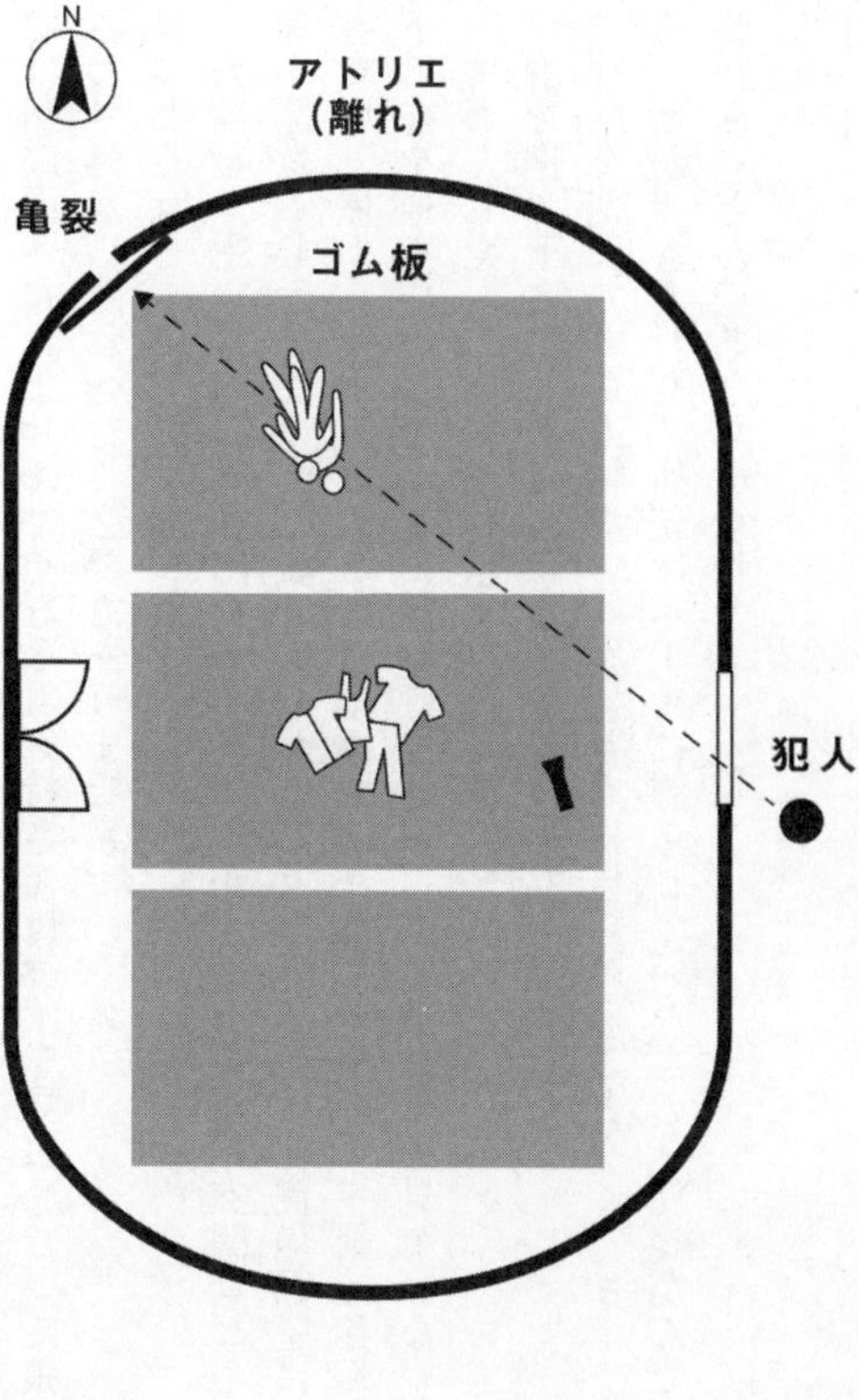
N
アトリエ
（離れ）
亀裂
ゴム板
犯人

「まず犯人でないと分かるのは剣持さんです。犯人は鶴本さんを撃ち殺した後、鎧窓を開けてアトリエに入り、一連の工作を行いました。窓の幅は五十センチほど。剣持さんの体形では到底中へ入れません。そもそも剣持さんは廊下を見張っていた張本人ですから、わざわざ外から離れへ行く必要もありません」

剣持は「おう」とぎこちなく頷いた。

「では犯人はどうやって館の外へ出たのでしょうか。ホールから玄関ロビーへ向かい、そこの扉を開けるしか方法はありません。わたしと日野さんは北側の部屋に泊まっていました。倉庫部屋からホールに入る扉は本棚で塞がれているので、剣持さんが見張っている廊下の前を通らないとホールには行けません。でも彼は誰も見ていないと言っている。よってわたしたち二人に犯行は不可能です」

日野が胸を撫で下ろす。わたしはまっすぐに彼女を見据えた。

「南側の部屋を使っていた人物なら、剣持さんに見られることなく、キッチンからホールへ出ることができました。猟銃はホールに飾られていたものを使ったんでしょう。犯人は衛藤えみりさん、あなたですね」

5

衛藤は口を薄く開いたまま凍り付いていた。

「なんでこの人が二人を?」

日野が唾を飛ばす。

「動機は分かりません。ただ、鶴本さんと衛藤さんに会社の同僚以上の関係があったのは確かです。昨日の朝、日野さんが鶴本さんに絆創膏を渡そうとしたとき、衛藤さんは鶴本さんがゴムアレルギーだと口にしていましたよね」

「それだけで親密な関係だと?」

「いえ。鶴本さんがゴムアレルギーというのは嘘なんです。本当にそうならゴム板の上で素っ裸になるはずがないですから。鶴本さんは衛藤さんと関係を持った際、コンドームを使わずに行為に及ぶために、自分はゴムアレルギーだと嘘をついたんだと思います。衛藤さんは鶴本さんと恋愛関係にあると信じていた。でも昨夜、鶴本さんが伊佐美さんを離れに連れ込むのを見て、自分がとんだ勘違いをしていたことに気づいてしまった。衛藤さんは怒りと後悔に突き動かされ、鶴本さんを撃ち殺した。そんなところじゃないでしょうか」

「なんで史緒まで殺したんです？」

「口封じですよ。剣持さんに見つからないように外から離れへ行ったのに、目撃者を生かしておくわけにはいかないでしょう」

ふいに衛藤が立ち上がった。日野と剣持が一歩ずつ後ずさる。

「やめてくださいよ。わたしは何もしてません――」

ドン、ドン。

玄関の扉を叩く音が聞こえた。

「助けが来たみたい。行きましょう」

衛藤は逃げるように玄関ロビーへ向かった。わたしも後を追いかける。衛藤は閂を外して扉を開けた。

「救助隊の者です。ご無事でしたか」

救助服の男が館を覗き込む。

「一人だけ？」

男は頷いた。

「地震の被害が広範囲に渡っていまして。人手が足りていないんです」

衛藤は男の背後へ回り込み、首に腕を回して、喉にアウトドアナイフを突きつけた。

「わたしが見えなくなるまでそこを動かないで。一歩でも近づいたらこの人を殺す」

こちらを睨みながら、一歩ずつ糸国館から離れる。わたしは玄関を出て数歩のところで立ち止まった。

「――え？」

ふいに衛藤と救助隊員がうつ伏せに倒れた。ぐちゃっと内臓の潰れる音。衛藤のアウトドアジャケットが裂け、背中から肋骨が飛び出す。

二人を押し潰して、羆がこちらを見下ろしていた。遥か頭上から唸り声が落ちてくる。三日前に出会ったものよりも二回りは身体が大きかった。

「嘘だ――」

羆は救助隊員の頭をヘルメットごと踏み潰して、全身を見せつけるように上体を起こした。生臭い唾《つば》が宙を舞う。

ギギギと扉の動く音。振り返ると、剣持が扉を閉めようとしていた。

「待ってくれ」

剣持が手を止め、何かを叫ぶ。

ふいに身体が浮き上がり、地面へ叩きつけられた。鉄柱を打ち込まれたような痛みが全身を突き抜ける。嘔吐する間もなく浮き上がり、落ちる。浮き上がり、落ちる。どこかの骨が首に刺さる。

ああ、これは天罰だ。わたしはまた同じ過ちを犯した。意気揚々と犯人を追い詰め、守るべき命を悪魔に差し出してしまったのだ。網膜の隅に映った二つの死体が妻と娘に見えた。

再び身体が浮き上がる。

もっと惨《むご》いやり方で殺してくれ。わたしはそう強く願った。

人喰館の殺人　その後

十日前に中身を食った缶詰をビニール袋から取り出す。底にこびりついた魚の皮を爪で削ぎ取り、ガキみたいに指をしゃぶった。

「ケン坊さん、どうなってるんですか！」

テーブルに伏した日野が、何度目か分からない奇声を上げる。腹をぶん殴って黙らせたいところだが、こんなうらなり瓢簞《ひょうたん》野郎でも話し相手がいないよりはましだった。

遭難十五日目。糸国館へたどりついたときは七人いた遭難者が、気づけば二人だけになっていた。

「探偵役が事件を解決したら、あとは救助がやってきて一件落着。これが常識ですよ。なんでいつまでもここにいなきゃなんないんですか」

瓢簞はさらに声をでかくする。

現実はそう都合良くは行かなかった。たとえ事件が解決しようと、脱出の手段がなければそこに留まるしかない。救助隊員は羆に頭を潰され、どこかへ持って行かれてしまった。今ごろ元刑事やえみりんと一緒に特盛りの糞になって野っ原に転がっているだろう。

食糧はとっくに底をついている。このまま救助が来なければ飢え死にするしかない。

「やっぱり囮作戦ですよ。史緒たちの死体で熊を誘き出して、その隙に逃げるんです」

汚れた爪がテーブルを掻く。日野は目が窪み、頰が削げ、喉仏が浮き上がって、まるでしゃれこうべが騒いでいるみたいだった。

「熊公が死体を持ち帰んのを見ただろ。あいつはがむしゃらに人を襲ってるんじゃない。どっかに食い物を蓄えてるんだ。生きた人間と死んだ人間がいたらどっちもテイクアウトして、数日かけて食うだけさ」

「ああそうですか。じゃあケン坊さんはこのまま何もせず死ぬのを待つんですね」

死ぬ前に何かやっておこう、という気力はとっくに失せていた。動物は危機に瀕すると性欲が旺盛になると鶴ちんが言っていたが、あんなのは嘘っぱちだ。数日前、ハンディカメラの動画でマスを搔こうとしてみたが、陰茎は萎れっ放しでぴくりともしなかった。

「ぼくは死にたくありません。どんな手を使っても生き延びてみせますよ」

「へえ。たとえばどんな手があるんだ?」

日野はふらふらと立ち上がると、

「寝ます。寝て体力を温存します」

まったく眠気のなさそうな顔で言って、ホールを出て行った。

癪に障る野郎だが、最後に言ったことは理に適っている。下手に動き回っても、体力を削って寿命を縮めるだけだ。

おれはペットボトルに溜めた生臭い雨水を飲むと、絨毯の上で大の字になった。

空腹はとうに限界を超えている。次に目を覚ましたらあの世にいてもおかしくない。

ひどく味気ない死に方だが、自分ではどうしようもない。

おれは瞼を閉じた。


気がつくと天井に夕陽が差していた。

テーブルの脚にしがみついて、身体を引っ張り起こす。まだ生きているらしい。

本棚の影が伸びている。午後四時過ぎ。十五回目の夜が近づいていた。

ホールを出ると、渡り廊下から日野が歩いてきた。なぜか出刃包丁を握っている。相変わらずの痩せ瓢箪だが、妙に血色が良い。口元に笑みまで浮かべている。

「元気そうだな」

「そ、そうですか？」

日野はおれに気づくと、センズリを親に見られたような顔をして、そそくさと部屋へ戻った。

午後十時三十分。懐中電灯の明かりで鶴ちんのエロ雑誌を読んでいると、おえええええっ、と派手な嘔吐《えず》き声が聞こえた。

いよいよ頭がぶっ壊れたのか。退屈しのぎに日野の部屋を見に行くと、中から荒い息遣いが洩れていた。勝手に扉を開ける。

「大丈夫か？——」

おれは目を疑った。

日野が蹲《うずくま》っている。首筋に汗を浮かべ、肩を激しく揺らしている。

頭のすぐ先、ベッドの手前の床に、どんぶり半分くらいのゲボがあった。

十日以上、ものを食っていないはずなのに、なぜこの男はゲボを吐いているのか。

「ちょっと。見ないでくださいよ」

日野はしっしっと手を振ると、犬みたいに両手をつき、首を垂らして床のゲボを啜《すす》った。

まさか、この男——。

渡り廊下を抜けて離れへ向かう。アトリエの扉を開けると、ススキノ中のゲボを煮詰めたようなひどい臭いがした。鶴ちんは隅に追いやられ、伊佐美が部屋の真ん中に仰臥している。左右のおっぱいが削ぎ取られ、剝き出しになった内臓に蛆虫《うじむし》が群がっていた。灰黄色のブラジャーを付けているみたいだ。

——ぼくは死にたくありません。どんな手を使っても生き延びてみせますよ。

数時間前に聞いた言葉がこだまする。

「軽蔑しましたか」

後ろから声が聞こえた。

「お前、人間じゃねえな」

吐き気を堪《こら》えて振り返る。日野の尖った犬歯が脂で光っていた。

この男は恋人のおっぱいを食ったのだ。

「しょうがないじゃないですか。生き物はものを食べないと死んじゃうんですから。ケン坊さんの分もちゃんと取ってありますよ」

日野は鶴ちんを指した。肉が腐って黒く変色している。こんなのを食ったら腹を壊すに決まっている。

「史緒もぼくに食べてもらえて喜んでると思うんですよね」

キィ、と金属の軋《きし》むような音が聞こえた。日野が頰を歪めて天井を見上げる。屋根裏に蝙蝠がいるらしい。倉庫部屋に蝙蝠が出たとき、この男が腰を抜かしていたのを思い出した。

「お前も死ね。蝙蝠に齧られて死ね」

そう言い捨ててアトリエを出た。

ポケットからシガレットケースを取り出したが、中身はとっくに底をついていた。

＊

遭難十六日目。陽が上るより早く、猛烈な空腹感で目を覚ました。

十日目を過ぎた辺りから萎《しぼ》んでいた空腹感が、なぜ急によみがえったのか。

もちろん理由は分かっている。日野が肉を食っているのを見たからだ。その気になれば腹を満たせると身体が気づいてしまったのだろう。

どうせろくな味はしない。食中毒を起こして寿命を縮めるだけだ。頭ではそう分かっているのに、食欲は収まらなかった。どうせ死ぬのだから好きに肉を食った方が賢明にさえ思えた。

雨水を溜めに玄関ロビーへ行くと、日野が楽しそうに猟銃を弄《いじ》っていた。ご機嫌に鼻歌なんぞを口ずさんでいる。顔色もますます良くなっていた。

「そんなに睨まないでくださいよ」

日野が唇を尖らせる。

窓を薄く開けてペットボトルを出したところで、床がぐらりと揺れた。地震かと思ったが日野は平然としている。目眩だ。頭から床に倒れたところで世界が暗転した。


気がつくとまた夜だった。

いい加減死んでくれれば良いのに、我が肉体ながら意地が悪い。空腹感はなおも渦巻いている。胃袋が脳になったような気分だった。

もう自分を誤魔化しても仕方がない。おれは人間の肉が食いたいのだ。

両手をついて何とか立ち上がると、キッチンの棚からナイフを取り出し、離れへ向かった。

懐中電灯で死体を照らす。太腿の肉を見た瞬間、口の中に唾が溢れた。肌に黒い斑点が浮いているが、スーパーの安い刺身だって似たようなものだ。腹這いになり、ナイフで皮を丸く抉って、肉をほじくり出した。

臭いを嗅いでから、ネギトロ一貫分くらいの肉を口に入れた。硬く冷たいが、確かに肉の旨味を感じる。筋を嚙むたび、ものを食う快楽が脳を突き抜けた。どろどろになるまで咀嚼し、呑み込む。肉が胃袋へ落ちていくのを感じる。肩がガクガク震えた。快楽に震えたのは精通以来だった。

ナイフを握り直し、さらに深く刃を差し込む。

「何してんですか」

心臓が跳ね上がった。

振り返ると、日野が廊下からアトリエを覗いていた。

「ケン坊さんはそっちって言ったじゃないですか！」

日野が部屋の奥を照らす。鶴ちんの太鼓腹が闇に浮かんだ。手元の死体に目を戻して、ようやく自分が伊佐美を食べていたことに気づいた。

「うわあああっ」

日野がアトリエに飛び込んでくる。右手には出刃包丁。身を翻して避けたつもりだったが、左の脇腹に痛みが走った。

「死ね、馬鹿。死ね」

でたらめに日野を蹴った。日野は姿勢を崩したものの、すぐに包丁を構え直し、何か叫びながら迫ってくる。

おれはアトリエを飛び出した。こんな糞ガキに殺されてたまるか。自分に鞭《むち》を入れ、本館へ駆け込んだ。

廊下を曲がり、扉を開けて部屋に飛び込む。床にはゲボの残骸。日野の部屋だった。

「どこ行きやがった！」

日野の叫び声が響いた。バン、と扉を開ける音が数秒おきに聞こえる。おれを探しているのだ。部屋は十個しかない。このままではやられる——。

「うわああっ」

ふいに悲鳴が轟いた。

扉を薄く開け、声のした方を見る。倉庫部屋で日野がのたうち回っていた。キィキィと耳障りな鳴き声が聞こえる。天井から蝙蝠が降ってきたのだ。

おれはナイフを腹の下に構えて、倉庫部屋へ突っ込んだ。勢いに任せて日野に身体をぶつける。

「痛っ」

腹を狙ったつもりだったが、ナイフが刺さったのは左脚だった。干物みたいな太腿から血が滲み出る。怯んだ隙に日野を突き飛ばし、部屋を出て扉を閉めた。隣の空室の鏡台や衣装棚を倒し、廊下へ押し出して扉を塞《ふさ》ぐ。日野が何か叫びながらノブをがちゃがちゃ回したが、扉はびくともしなかった。

「あはははは。蝙蝠食って死ね！」

おれは壁にもたれて叫んだ。

離れに戻ったところで痛みが堪え切れなくなり、膝をついて床にくずおれた。

脇腹からは出血が続いている。もう長くはもたないだろう。

最後の晩餐が太鼓腹のおっさんでは成仏できない。やはり食うなら伊佐美だ。おっぱいと太腿を抉られた肉体を見回し、どこを頂こうかと童話の狼のようなことを考える。

ふと疑問を覚えた。

日野はなぜ恋人のおっぱいを食ったのだろう?

食の好みは人それぞれだ。おっぱいが一番旨そうだと日野が思ったとしても文句は言えない。だが女を食う前の日野は極度の飢餓状態にあった。いつか鶴ちんが嘆いていたように、伊佐美はAカップだ。おっぱいを剝《は》いでもろくな肉は取れない。太腿でも腕でもケツでも肉を削ぎ取りやすいところはたくさんあるのに、なぜよりによっておっぱいを選んだのか。

顔を上げた拍子に、油彩画が目に入る。

妙に頭が冴えていた。死に際にも馬鹿力があるのか知らないが、ものを見るたびに別の疑問が浮かんでくる。

事件の夜、鶴ちんは壁の亀裂を塞ぐため油彩画を動かしていた。元刑事の男はそう推理していたはずだ。でも油彩画のキャンバスは真っ平だ。一方、亀裂の入った壁は弓形に曲がっている。イーゼルを壁に立て掛け、キャンバスで亀裂を覆おうとしても、壁との間には隙間ができてしまう。吹き込んだ雨粒は床へ落ち、水たまりになったはずだ。

でもそんなものはなかった。

あの刑事の推理は間違っていたのではないか？

鶴ちんが何かで亀裂を塞いだのは間違いない。でもそれは油彩画ではなかったのだ。

懐中電灯で部屋をぐるりと照らし、光を床に落とした。壁を覆うのに使えるものがもう一つある。ゴム板だ。鶴ちんは床のゴム板を持ち上げ、壁に立てかけたのではないか。

ゴムなら壁の形に合わせて曲げられるから、ぴったりと隙間を塞ぐことができる。

待てよ。ということは――。

部屋の隅に転がったハンディカメラを手に取り、鶴ちんのハメ撮りを再生した。

おれは目を疑った。数日前にもマスを掻くために見たはずの動画が、まったく違うものに見えたのだ。

伊佐美は黒いゴム板を背に、画面の中を上下に揺れている。

つい先ほどまで、ゴム板は床に敷かれていたと思い込んでいた。だから伊佐美が仰向けに倒され、カメラを構えた鶴ちんが腰を振って彼女を揺らしているように見えたのだ。

でも今の自分は、ゴム板が壁に立てかけられていたことを知っている。すると不思議なことに、伊佐美は上半身を垂直に立て、腰を上下に揺らしているようにしか見えなかった。

二人は正常位ではなく、騎乗位でセックスをしていたのだ。

この錯覚は身に覚えがある。地震の直後、樹木が倒れ、平らだった道が崖になっているのを見たとき。自分が立っているのか、横になっているのか分からなくなった。あのときの三半規管が狂ったような感覚と、今の感覚はそっくりだ。

まるで細かく帳尻を合わせた騙し絵のようだった。

仮に懐中電灯よりも明るい照明が灯っていれば、影の向きで伊佐美が身体を起こしているのが分かっただろう。伊佐美の髪型がベリーショートでなければ、毛先の落ちる向きで重力がそちらを向いているのが分かっただろう。あるいは胸がもう少し大きければ、おっぱいの垂れる向きで同じことが分かっただろう。

もっとも騎乗位にも見えるというだけでは、正常位の可能性も否定はできない。壁に立て掛けたのとは別のゴム板の上で、正常位のセックスをしていた可能性もある。だがひとたび騎乗位の可能性に気づくと、それを裏づける根拠が次々と浮かんできた。

たとえば動画だ。改めて再生すると、素人がハンディカメラで撮影したはずなのに、この動画にはほとんど手振れがなかった。鶴ちんは正常位で腰を振りながら動画を撮ったのではない。床に寝そべって両手でカメラを構え、伊佐美が腰を揺らすのに身を任せていたのだ。

あるいは鶴ちんのゴムアレルギーだ。元刑事はこれを信じず、鶴ちんがえみりんと生でやるためについた嘘だと考えていた。だが「十個下がタイプ」と豪語する鶴ちんがえみりんに手を出したとは思えない。ならばえみりんに嘘をつく理由もないから、鶴ちんは本当にゴムアレルギーだったことになる。ゴム板を運ぶくらいは平気だったとしても、その上で素っ裸でセックスをするのには抵抗があったはずだ。やはりゴム板の上で正常位をしていたのではなく、それを剝がした床の上で騎乗位をしていたと考えるべきだろう。

このことはもう一つ、重大な事実を示している。

鶴ちんの頭は眉間から後頭部へまっすぐに撃ち抜かれていた。二人が騎乗位でセックスをしていた――すなわち鶴ちんが仰向けに寝そべっていたのなら、犯人は床と垂直な角度で彼を撃ったことになる。

扉からでも窓からでもない。犯人は上から彼を撃ったのだ。

おれは懐中電灯を上に向けた。本館と同じ、縦長の天井板が並んでいる。昨日、あの板の向こうから蝙蝠の鳴き声が聞こえた。倉庫部屋の屋根裏にいた蝙蝠が離れへやってきていたのだろう。本館と離れの屋根裏はつながっていたのだ。

犯人も屋根裏を通って離れを訪れ、天井板を外して鶴ちんを撃った。北側のゴム板を捲《めく》って調べれば、このときの血痕や弾痕が見つかるはずだ。

犯人は床へ飛び下りると、立て続けに伊佐美を撃った。銃弾はゴム板にめり込み、傷口からは血が噴き出した。ゴム板に付いた血が同じ方向へ流れたように見えたのも当然だ。血がかかったとき、ゴム板は直立していたのだから。

凶行を終えた犯人は、ハンディカメラの動画を見て目を疑った。騎乗位をしているところを撃ったはずなのに、まるで正常位のような動画が写っていたからだ。

そこで犯人は閃《ひらめ》いた。壁に立てかけていたゴム板に上下を入れ替えた死体を載せておけば、二人が正常位の最中に殺されたと思わせることができる。鶴ちんは眉間から後頭部へ頭を撃ち抜かれているから、扉を開けて入ってきた人物に頭を水平に撃たれたように偽装できるというわけだ。

懸念があるとすれば銃弾の位置だろう。伊佐美の胸を撃ち抜いた銃弾はゴム板にめり込んでいたから、そのままでも問題はない。だが鶴ちんの頭を撃ち抜いた銃弾は、床のコンクリートに跳ね返され、鶴ちんの後頭部に残っていた。正常位の途中で殺されたように見せかけるには辻褄が合わない。そこで犯人は油彩画のある南側へ死体とゴム板を動かし、死体の頭から銃弾を取り除いて、油彩画に別の弾を撃ち込んだ。これが五時過ぎの銃声の正体だ。もう一発は窓の外にでも撃ったのだろう。

事後工作を終えると、犯人は亀裂を足掛かりに壁をよじ登り、屋根裏から本館へ戻った。これが犯行の一部始終だ。

では犯人は誰か。えみりんが犯人という元刑事の推理は間違っている。屋根裏を通って離れへ向かうには、まず倉庫部屋の天井板を外して屋根裏に出なければならない。えみりんは南側の部屋に泊まっていたから、中央の廊下を見張っていたおれに見つからずに倉庫部屋へ行くことはできない。

残る容疑者は、元刑事、日野、それにおれの三人だ。

もちろんおれは犯人ではない。廊下を見張っていた張本人であるおれが屋根裏から離れへ行く理由はないし、地震でずれるほど脆い天井板が百キロ超えの身体を支えられるとも思えない。

元刑事はどうか。倉庫部屋の屋根裏から蝙蝠が降ってきたとき、あの男は睡眠薬を飲んで眠っていた。天井板が外れることを知らなければ、そこから屋根裏に出ようと考えることもないだろう。

残りは一人。やはりあの男——日野が犯人だったのだ。

おれと鶴ちんが伊佐美を連れ出したことに気づいた日野は、何らかの予感を抱き、倉庫部屋の猟銃を持って屋根裏へ上った。運良く蝙蝠はどこかへ行っていたのか、あるいは恋人のことが気になってそんなことは気にしていられなかったのか。はたして暗闇を抜けてアトリエへ向かった日野が見たのは、会ったばかりの男に跨る伊佐美の姿だった。

仮に鶴ちんが伊佐美に被さっていたら、彼女が強引に犯されたと考えることもできただろう。でも彼女は跨る側だった。

彼女は鶴ちんに食われていたのではなく、鶴ちんを食っていたのだ。

事件後の日野の様子を思い出す。死体を食い始める前から、あの男には妙な言動が目立っていた。

事件が起きた日の食事中、日野は執拗に、おれが夢乃モネのAVを持っていないかを確かめていた。いくら小さなおっぱいでも、実際の映像を見比べれば、騎乗位と正常位では大きさや形が違って見える。廃盤になっていても、個人の所有品が見つかったらどうしようもない。警察がそれを譲り受け、映像を見て真相に気づくのを恐れていたのだ。

事件の翌日には、二人の死体で羆を誘き出し、その隙に山を下りてはどうかと血も涙もない提案を始めた。動画のトリックが見破られないよう、早めに死体を処分してしまいたかったのだろう。無線機を壊し、外部との連絡を断ったのもこの提案をするためだ。

そして昨日。囮作戦を退けられた日野は、伊佐美のおっぱいを食べた。もちろん空腹感もあっただろう。だが一番の狙いは、おっぱいを処分することだった。

おれは懐中電灯で伊佐美の顔を照らした。濁った瞳がこちらを見返す。おれが犯人を閉じ込めてやったぞ。そんなことを思い、すぐに自分の厚かましさに嫌気が差した。

壁にもたれ、瞼を閉じる。風の音が世界を包む。

いつの間にか、食欲はすっかりなくなっていた。

人喰館の殺人　顛末

糸国館の玄関を塞いでいた金庫のような扉が、水平に倒れていた。

「まるでどんでん返しですね」

江崎小栗《えざきこぐり》は呼吸も忘れて呟いた。道警本部の刑事部に配属されて早十年。数々の凶悪事件を担当してきたが、これほど現実味のない光景を目にしたのは初めてだった。

「どんでん返し？」

案内役を務める生亀駐在所の巡査が眉を寄せる。

「映画の宣伝コピーじゃないですよ。歌舞伎の場面転換で、大道具が九十度倒れる仕掛けをそう呼ぶんです」

巡査の眉間の皺がさらに深くなった。

「つまりですね。これが背景と床だとしたら」江崎は親指と人差し指で『』をつくり、「それがこうなるんです」手首を捻って『』にしてみせた。

「これは羆のしわざです。歌舞伎は関係ありませんよ」

「それはそうですけど。最近は映画も小説も、やたらめったらどんでん返しだって煽ってくるじゃないですか。でも驚かすだけならどんでん返しじゃない。ただのびっくり箱です。わたしは言いたい。もしもこれが」再び指で┗をつくり、それを倒して┛にする。

「実はこうだった、というトリックのミステリーがあれば、それは正真正銘、どんでん返しと言っていいと思うんです」

「何だか知りませんけど、早く中へ入りましょう」

こいつと話しても無駄だ、という顔をして、巡査は糸国館を囲む規制テープを跨《また》いだ。

百勝《もかち》沖を震源とする地震の発生から半月が過ぎた、十月十六日。生亀温泉の従業員から、巨大な羆の目撃情報が相次いで寄せられた。登山客の捜索に向かった山岳救助隊員一名が消息を断っていたこともあり、消防本部では猟友会や消防団とともに緊急捜索隊を結成。捜索開始から四日目となる二十一日、生亀高原で羆の親子を射殺し、巣穴付近で四人の死体を発見した。その中の一つは江崎の元上司、森永文蔵《もりながぶんぞう》のものだった。

住民らが安堵したのも束の間、二十三日には蟹播山南西の糸国館で三人の死体が見つかった。いずれも熊に食い荒らされた形跡があり、糸国館に避難していた登山客らが侵入した熊に襲われたものとみられた。

ところが翌二十四日、糸国館で見つかった死体が何者かの手で殺されていたことが判明する。三つの死体のうち二つには猟銃で撃たれた痕が、一つには刃物で刺された傷があった。熊害《ゆうがい》事件は殺人事件に変貌し、急遽、江崎らにも召集が掛かったというわけだ。

顰《しか》めっ面の巡査を追って玄関ロビーからホールに入る。テーブルが割れ、絨毯には戦車が徘徊したような傷ができていた。

「離れはこちらです」

巡査は正面の扉を開け、廊下をまっすぐ進んでいく。背中を追ってホールを出たところで、小さく、げほっ、と咳き込む音が聞こえた。

「待って」巡査を呼び止め、廊下の左に目を向けた。「あっちに誰かいますか?」

「いないと思いますけど」

江崎は音のした方へ向かった。角を左に曲がると、廊下の先がめちゃくちゃになっている。扉を塞ぐように鏡台や衣装棚が押し詰められていた。中に何かを閉じ込めたようだ。

「あの部屋は未確認です」

まさか羆が潜んでいることはあるまい。それでも嫌な予感がする。江崎は家具をどかし、ドアノブを捻った。

天井から、ぽたっ、と水が落ちる。

男が一人、部屋の隅で毛布に包まっていた。

「やった、やったぞ……」

瘡蓋《かさぶた》まみれの唇から尖った犬歯が覗く。二十歳そこそこのようだが、声は老人のように嗄れていた。

男は何らかの理由でこの部屋に閉じ込められていた。おかげで羆の襲撃を免れたのだ。いや、それではおかしい。離れで見つかった死体は、いずれも死後一、二週間が経過していた。見たところ食糧はないし、閉じ込められてから今日まで何も食わずに生きていられるとは思えない。

「みんな死んだ……尻軽女も刑事もちんぴらも」

怪我がないか確かめようとして、左脚の付け根が布で縛られているのに気づいた。脚に掛かった毛布をおそるおそる捲る。

「おれは生きてる。ざまあみろ……」

熊にしゃぶられたかのように、男の左脚は骨が剥き出ていた。

解説

関根亨（評論家・編集者）

一九八四年刊の笹沢左保『どんでん返し』（現在は双葉文庫で復刊）以来約四十年。この惹句は近年、帯コピーや各種セールストークにも使われ、定着を見たようだ。

先駆けとなったのは、綾辻行人、有栖川有栖、西澤保彦、貫井徳郎、法月綸太郎、東川篤哉の各本格ミステリー作家に、既刊自作から選んでもらったアンソロジー『自薦 THE どんでん返し』（双葉文庫）である。

右記第一弾が好評を得て、乾くるみ、大崎梢、加納朋子、近藤史恵、坂木司、若竹七海という実力派による第二弾『自薦 THE どんでん返し2』（同）もまた市場を広げることに奏功。

『自薦 THE どんでん返し3』（同）は、折原一、北村薫、鯨統一郎、長岡弘樹、新津きよみ、麻耶雄嵩という、本格以外にもジャンルを広げての顔ぶれとなり、〈どんでん返し〉プラス〈著者自ら選ぶ推理短編〉という、コンセプトも広く親しまれるに至った。

こうしたシリーズの評判を黙って見ているだけの文芸出版界ではない。似たような企画アンソロジーが他社から刊行されるにつれ、編集部と解説者が乗り出したのは、言わずもがな〈どんでん返し〉の新作だ。新進気鋭の作家に新たな短編を執筆してもらう、あるいは単行本化されていない自作短編を収録するものである。

タイトルは韻を踏み『新鮮　THE　どんでん返し』(同)として、青柳碧人、天祢涼、大山誠一郎、岡崎琢磨、似鳥鶏、水生大海の新作及び単行本未収録作を集めた。

各作は評価の的となり、日本推理作家協会と本格ミステリ作家クラブ、それぞれが推薦する年度版アンソロジーへ再収録された作品も存在。以上とは別に、連作短編化してベストセラーとなった作品も派生した。

新作主義は続けて『特選　THE　どんでん返し』(同)へとシリーズ化。秋吉理香子、井上真偽、友井羊、七尾与史、谷津矢車という顔触れとなった。『特選～』からも高評価作が続出し、日本推理作家協会賞短編部門候補作、本格ミステリ作家クラブ年度版アンソロ再収録へと脚光を浴びた。

〈どんでん返し〉新作群は、読者のみならず百戦錬磨のプロですら賛辞を寄せたのだ。

いよいよ本書『斬新　THE　どんでん返し』(同)の出番となった。どのような作家・作品がそろったかをご覧いただきたい。

芦沢央「踏み台」（「小説推理」二〇二三年二月号掲載）

スポットライトやカメラを向けられる演劇や舞台人が、常に非日常の世界観を演じるのは当たり前である。しかし彼らの才能が、殺人などの〝事件〟という本物の非日常に立ちあったらどうなるのか。

そんな事件の渦中、芦沢央の巧みさは、スタープレイヤー本人ばかりでなく同業者、親兄弟、友人や恋人、観客に至るまであらゆる人々を巻き込んでしまう。憎悪、復讐、名誉欲、好奇心、義俠心、親子愛——舞台内外の感情を、檀上ならぬ紙上ミステリーとして演出してしまうのだ。

長編では二編。上司の不正をあばく二人の社員、シングルマザーとその息子、脅迫状が届いた俳優などの人物が、とある演劇につながっていく『バック・ステージ』（角川文庫）。失踪したバレエダンサーをめぐって、彼と付き合う女子大学生、代演になりそうなダンサー、失踪ダンサーの弟である画家、非情性で畏怖される芸術監督などの思惑が渦を巻く『カインは言わなかった』（文春文庫）。

短編では「薄着の女」（『鍵のかかった部屋　5つの密室』〈新潮文庫ｎｅｘ〉所収）と「お蔵入り」（『汚れた手をそこで拭かない』〈文藝春秋〉所収）二編がある。

前者は、アイドルを続けながら女優となった女が、恥ずかしい自分の写真で脅迫された昔の男を突き飛ばしてしまい、結果的に死に至らしめる。現場となったホテルの部屋を密室に見せかけるため、女優はトリックの仕掛けにかかる。

『鍵のかかった部屋』は、〈鍵と糸——作中のトリックを先に公開し、同じトリックを使い物語を描く〉というコンセプトのアンソロジーである。

後者は直木賞候補にもなった『汚れた手をそこで拭かない』からの一編。映画撮影中、主演ベテラン有名俳優に薬物疑惑が持ち上がった。ロケ先の旅館で監督が俳優を問いつめた拍子に、俳優を六階から突き落としてしまう。監督および居合わせたプロデューサーらは、事故とも自殺とも判別できない状況になるよう画策する。

短編二編はいずれも華のある世界にいる人間たちが欲得ずくで企んだ犯罪だ。前者がテレビドラマ撮影、後者が映画撮影という彼らの日常を舞台にしながら、倒叙ミステリーへあざやかに反転する。

以上、傑出したスタープレイヤー系長短編の後、どんでん返しテーマとして収録作「踏み台」の出番がやってきた。芦沢が主人公にキャスティングしたのは、人気アイドルグループ〈風穴17〉の一人という、きわめてエンターテインメント性に富んだ大学生。メンバー十七人中、人気投票で以前は三位だったが今は十位前後というのが、当の高坂みのりの立ち位置であった
みのりがＬＩＮＥを開くと、別れた洸平からのメッセージがずらりと並んでいる。彼

はストーカーと化してしまったのだが、二人の関係を知らないマネージャーは、恋するような熱心なファンをつかまえておけとの一点張りである。

洸平と付き合うきっかけは二年前。アイドルとして目立つため、みのりが注目される趣味を持とうと計画したことによる。大学の先輩の勧めで麻雀をやることになったみのりは、先輩の友人である洸平を紹介される。

現役東大生プロ雀士として活躍する彼は、初心者丸出しで牌を打つみのりの手法を肯定してくれた。恋愛経験のない洸平ではあったが、アイドルの麻雀に対する動機を理解し、同時に彼の勝負哲学をも語ってくれたからだ。

洸平と付き合うことでダンスレッスンにも身が入るようになり、実力をつけたみのりはついに〈風穴17〉のオーディションに合格するが……。

著者の引き出しの多さには驚かされる。『神の悪手』（新潮社）で将棋の世界を広げたかと思えば、本作では麻雀がキーになっている。麻雀の役が作中の状況を表す比喩になるなど、芦沢央の表現は事前予測不能。次はどんなステージへ向かってくれるのか。「踏み台」閉幕後早くも、われわれ観客の拍手は次作待望で鳴りやまない。

阿津川辰海「おれ以外のやつが」（「小説推理」二〇二二年一〇月号掲載）

名探偵像の様々な構築に心を入れてきた作家の一人が、阿津川辰海である。

デビュー作『名探偵は嘘をつかない』(光文社文庫)は、警察庁の補助として探偵機関が設置されている世界。同機関に所属する「探偵士」になるためには、探偵大学校を卒業し厳しい国家試験に合格する必要がある。しかし「探偵士」の一人がある事情から複数の疑いをかけられ、探偵弾劾裁判にかけられるという、フィクショナル度の高い物語だ。

『紅蓮館の殺人』(講談社タイガ)では、幼少時から能力を発揮している男子高校生探偵が、悲劇的な事情から探偵をやめた年上女性と、事件解決法をめぐり葛藤を続ける。阿津川作品ではおなじみになった山口美々香《みみか》は、耳が良い探偵として登場。足音一つで当該人物の足の不調を当てたり、大勢の人間の中から一人の声を聞き分ける能力も有する。彼女の調査を基に推理を組み立てるのが、探偵事務所の大野所長である。美々香の能力ならではの活躍は『透明人間は密室に潜む』(光文社文庫)所収短編「盗聴された殺人」で好評を博した。ある夫妻の浮気調査のため、探偵事務所が自宅に仕掛けた盗聴器に殺人場面が録音されているという、興味津々な設定である。

別の私立探偵ものでは『入れ子細工の夜』(光文社)所収の第一話「危険な賭け~私立探偵・若槻晴海~」にも注目しよう。「おれ」は殺された雑誌記者・牧村の足取りを追っている。牧村は殺害当日の午後、喫茶店で自分のカバンを別の客と取り違えられていた。間違えて持ち帰った牧村のカバンの中にある、ハードボイルド小説の古本を「おれ」は探しているのだった。私立探偵の手法や存在そのものを、とある叙述トリックにより逆転させる離れ業を阿津川はやってのけた。

以上のように傑出した名探偵像を追求した著者が、その対極にある〝名犯人像〟を生み出すのは必然と言えよう。殺し屋という名犯人像の嚆矢となったのが、本作「おれ以外のやつが」なのである。

出版社カメラマンの水野を名乗る「おれ」の真の顔は綺羅という殺し屋。綺羅もまた裏世界での名にすぎないが、名づけのいわれは「綺羅、星の如し」という故事成語。高い国語レベルは出版社内でもむろん披露され、カメラマンにとどまらない主人公の魅力の一つにもなっている。

殺しの仲介人である麻倉からの依頼は、双子コンビのミステリー作家、ペンネーム紅森晃彦の弟側にあたる紅林彦二の殺害。彼は兄の紅林晃司と共に「ミステリー作家協会賞」を受賞。その授賞パーティー日の夜中に決行してほしいとのことであった。両者は似た顔をしているが、彦二は車椅子に乗っているのでターゲットを間違う心配はない。

水野はカメラマンという立場を利用し、兄弟の日常動静を事前に探索する。担当編集者の多根井（共作推理作家、エラリー・クイーンの一人、フレデリック・ダネイのもじりだろうか）との打合せすらも盗聴。パーティー当日は同僚の羽鳥九苑（チーム推理作家、パトリック・クェンティンのもじりだろうか）と行動をともにして、二人を写真に収める。

パーティーが終了し彦二のみが帰宅。水野が紅林邸に侵入しいざ事を起こす段になり、殺し屋にとってきわめて衝撃的な事態が待ち構えていたのだ。

殺し屋の一人称ということで、阿津川の作風はハードボイルドの影響も見て取れる。『入れ子細工の夜』のあとがきでは、まさに内外のハードボイルド作家複数人の名を挙げているほどだ。

むろん「おれ以外のやつが」はハードボイルドのみならず、前半は一種の倒叙ミステリー仕立てにもなっている。後半はさらに、〝殺し屋を探偵にした〟純然たる犯人当てでもある。阿津川ミステリーの射程圏には、常にオールジャンルの読者が存在している。


伊吹亜門「遣唐使船は西へ」（「小説推理」二〇二二年五月号掲載）

伊吹は、ミステリーズ！新人賞を短編「監獄舎の殺人」で歴代最年少受賞。同作を収録した『刀と傘　明治京洛推理帖』（東京創元社）で本格ミステリ大賞を受賞。以来、時代推理と動機の問題（ホワイダニット）を主な両輪として斯界を走り続けている。まずは前者の時代推理について既刊を追ってみよう。

『刀と傘』は慶応三（一八六七）年の大政奉還から明治七（一八七四）年の佐賀の乱まで。江藤新平と鹿野《かの》師光《もろみつ》（尾張藩士、維新後は司法省裁判官）の二人が、幕末維新の戦乱と各藩駆け引きの中で起きた不可解な殺害死体に遭遇していく。

第二作『雨と短銃』（同）は右記の前日譚。慶応元（一八六五）年、薩長同盟に向けた時勢、鹿野は神社境内で消えた暗殺犯探索を坂本龍馬から依頼される。

第三作『幻月と探偵』（ＫＡＤＯＫＡＷＡ）は一九三八年の満洲。毒殺を疑われた岸信介秘書の事件を追う私立探偵、月寒《つきさむ》三四郎《さんしろう》の物語だ。

もっとも注目すべきは、犯罪動機の立て方と解決のされ方であろう。

鹿野の時代は刀、月寒の時代は拳銃と日常的に武器が携行でき、敵対人物を亡き者にするのが当然の時代でもあった。司法機能すら現代ほど発達してはいない。風雲急を告げる当時だからこそあり得たが、令和初頭の現代では考えつきもしない動機や背景を伊吹は発想した。

さらにいつの時代でも通用する本格推理の論理（消去法など）でもって、令和の読者を驚かせることにも成功したのだ。

収録作「遣唐使船は西へ」では一挙に背景が古代後期に遡る。日本史的おさらいになるが、遣唐使とは中国の技術や文化を輸入するための外交使節団であり、舒明天皇二（六三〇）年に開始された。寛平六（八九四）年に停止されるまで二十回ほどの派遣があったとされる。

延暦十三（七九四）年に桓武天皇が平安京に都を移し、平安時代へ移行。本作の承和四（八三七）年は遣唐使後期の頃にあたり、同使節団の意義も薄れつつあった。よもやその背景が影響したのではないだろうが、こたびの遣唐使船四隻が、嵐に巻き込まれた。大時化が収まった時、四の船だけがはぐれていた。他船の行方は知れず、曇天で方角もさだかでない状況下、ひたすら西の揚州へ向けて青海原を進むしかないのである。乗員たちの士気低下、飢え、渇きは次第に募る。様々ないさかいが起こり、正気を失って海へ没する者まで出るようになってしまった。

豪胆で名を馳せた准判官の入舟清行は、思いもよらず四の船の長として役割を果たさざるを得なくなった、本来船を司る知乗船事や水手長はすでに嵐の海に呑み込まれていたからである。

まさに暗雲たる雰囲気が立ち込める船内で、一つの提案があった。叡山の老法師、円然が説法を行いたいというのである。当初は懐疑的であった清行や乗員たちも、円然の説法に心を動かされた。

船内に活気が戻ってきたのも束の間、甲板上の屋形で奇怪な密室殺人事件が発生。清行がその謎を解かねばならなくなったのである。

解説の行きがかり上、時代背景的な文章が長くなったが、かんじんの事件についてはむしろ、円然の説法内容を注視されたい。本作もまた犯行動機に驚愕するが、やはり現代でも大きく納得できる必然性も当然、構築されている。

本作のどんでん返し度は、伊吹が自家薬籠中とする右記ホワイダニットだけではない。すべて事件が解決した後にも、読者が天を仰ぐ様子が見えるほどである。

斜線堂有紀「雌雄七色」（「小説推理」二〇二二年二月号掲載）

本作は書簡ミステリーなのだが、手紙の過程に叙述トリックがある。全ての読者が叙述を予想できることが、ミステリーとしてのフェアネスを保証している。

一般的な叙述トリック（地の文や会話を通じ、作者が読者を一方向へ誘導させて後、解釈によって別の真相を明らかにする）であれば、通常は読者に対し同トリックがある点を事前に伏せておかねばならない。

〈地の文や会話に何か仕掛けがあるぞ〉と事前に読者から疑われるようであれば、ミステリーとしての興趣が初めからそがれかねない。しかし書簡ミステリーでは、あらかじめ叙述仕掛けが予想されること自体、作者側がハンデを背負ってのスタートになってしまうのだ。

手紙文の中に秘密があると予想されているので、作者は知恵をしぼり、読者の想像を超える真相を提示しなければならない。解決役である名探偵も名刑事も登場してくれないのだ――。

先人たちはこの難題に挑戦してきた。代表的な書簡ミステリーを挙げれば、井上ひさし『十二人の手紙』（中公文庫・一九八〇年）、湊かなえ『往復書簡』（幻冬舎文庫・二〇一二年）、深木章子『欺瞞の殺意』（角川文庫・二〇二三年）などが挙げられよう。

〝斜線堂有紀は「雌雄七色」中の手紙に、右記ベテランたちに比肩する一撃を仕込んだ〟と予告してもなお、興趣がそがれることは一切あり得ないだろう。

本作がさらに読者目線に忠実なのは、最初の手紙でストーリー全体の枠組みが提示されていることだ。通常の書簡物だと、主人公など当事者の手紙文でいきなり始まるケースが多い。斜線堂はまず、事実上の主人公である香取一花の息子・潤一から、父親（一花の夫）である水島潤吾へ宛てたメールから始めた。

この手法により、亡くなった一花が遺した〈七色の虹の手紙〉を潤一が発見し、七通を潤吾（つまりは読者）へ読ませるという前提がはっきりする。潤一は一花の死に際し父親である潤吾を憎んでいるが、その原因は何か。一花が生前にしたため、潤吾に読まれることがなかった七通には、何が記されているのか。

一花の最終書簡まで読むと、驚きのあまり再検証必至なので、二度読みをおすすめする次第だ。

香取一花は水島潤吾に対し、愛情もあり憎悪もあるという、アンビバレントな心情を明かしている。両者の関係は比較的オーソドックスなものだが、著者の既刊を並べてみれば、一筋縄ではいかない恋愛をモチーフとする作風が多い。

『恋に至る病』（メディアワークス文庫）の恋愛動機は究極だ。男子高校生の恋人になった女子高生は、その後一五〇人以上の被害者を生むことになる自殺教唆ゲームの主宰者だと判明。しかも彼女は誰もがうらやむくらいの美貌で聡明、立場ある大人から子供まで人を惹きつけてやまないカリスマ性があった。

さらに最近刊『愛じゃないならこれは何』『君の地球が平らになりますように』（いずれも集英社）では本格的な恋愛短編集にも挑戦。

前者収録の「きみの長靴でいいです」「健康で文化的な最低限度の恋愛」は「雌雄七色」と共通する、報われるかどうか分からない関係を描く。しかし「きみの〜」と「健康〜」の主人公が若者であるのに「雌雄〜」の一花は三十代後半、子供（潤一）がいる女性である。斜線堂の人間を見る目に、大いに発展性を感じる。

多くの読者から支持を受けた『楽園とは探偵の不在なり』（ハヤカワ文庫）などSF系統の作品もあることから、斜線堂は特殊設定系統の文脈で語られることが多い。果たして「雌雄七色」ではどうか。著者の作風はまさに七色以上の色彩を有していると気づくだろう。

白井智之「人喰館の殺人」（「小説推理」二〇二一年八月号掲載）

白井智之の作風について多くの識者が一致するところ大なのは、倫理を超えた感覚だろう。身体への残虐性、おぞましさ、官能性。嗜虐指向と被虐指向が隣り合わせであり、冷酷無比の言葉でも足りない。

その先には必ずや大きな逆接詞「しかし」が続けられなければならない。反倫理的な者には天罰が下り、因果応報的な展開も珍しくない。もっとも大事なのは、一見残虐に見える世界観が、事件解決の伏線になっている例が多数あることだ。

収録作「人喰館の殺人」第一の前提として、白井作品と親和性の高いクローズドサークルについて紹介しておこう。

『そして誰も死ななかった』（角川文庫）の登場人物は、覆面作家の招待により孤島へと集められたそうそうたる顔ぶれ。学者の父が書き遺した小説を自分が書いたと偽りベストセラーになったデリヘル店長を主人公に、デリヘル嬢兼作家、顔中ピアスだらけだがユーモアミステリの鬼才など。『死ななかった』のタイトルが意味する設定が序盤で明かされ、巧みに仕組まれた犯罪計画がロジカルに暴かれていく趣向だ。

次に第二の前提、白井流「ロジカル」の深い意味である。登場人物の一人が示した解決（推理）が別人物により否定され、新たな解決が示される。第二の解決もまた欠陥が見つかり別人の解決が生まれ……という多重推理の趣向である。

後に否定されるものの、第一の推理も十分うなずけるものがあり、否定される根拠も納得。第二の推理もさらに研ぎすまされ、場合によっては第三、第四へ、という具合に読者を次々と迷宮へ誘い込むのである。いずれも猥雑で混沌とした作風なのに、清潔で端正なロジックまでも感じてしまう。

二二年、多数の年間ランキングを席巻した『名探偵のいけにえ　人民教会殺人事件』（新潮社）は、幾通りもの解決編だけで全体の三分の一を占める圧巻の出来だ。

「人喰館の殺人」は短編であるがゆえに、クローズドサークルと多重推理を凝縮し、ホラー的な味わいも兼ね備えている。

かつて逮捕した犯人に妻子を殺された北海道警の刑事「わたし」は退職し、道内の蟹播山登山を試みていた。地震に端を発する土砂崩れが起きたことで道が閉ざされ、行き会った他の登山者たちと、廃屋になった糸国館へ避難することになった。

明治の頃、実業家と芸妓の淫蕩目的で建てられた同館は昭和に入り画家のアトリエとして使われた。しかし画家が餌を与えたことで熊が周囲を徘徊し、画家自身も行方不明。その後リゾート会社所有の山荘となるも、やはり宿泊客の遭難が相次ぎ営業停止。館は無人のまま現在（平成六年）に至っていた。

糸国館は半ば朽ち果てていたが、熊の猛威は変わらない。元刑事らが到着後、館から脱出しようとした貿易会社のボスが熊に惨殺されてしまう。救助が来る三日後まで、元刑事らは危険で館を出ることができない。

閉じ込められたのは、元刑事の「わたし」他六人。大学生カップルの日野と伊佐美。

鶴本ら貿易会社の同僚たち三人である。同社は観葉植物を扱っているとのことだが社員の様子や言葉遣いから、堅気ではなさそう。その証拠に、社員の鶴本と剣持は伊佐美を襲う計画を立てていた。剣持によれば伊佐美は元AV女優で、出演作を見た記憶があるという。

鶴本らの計画はうまくいったようだが翌朝、二つの死体が元アトリエで発見される。事件は元刑事が調べることになった。一種の密室状態で、犯行時にはハンディカメラが回されていたにも関わらず犯人も侵入経路も不明であった。

寸断された道路と熊襲来という、二つの原因により閉ざされた館。明治からのクローズドサークル内で遭遇した不可能犯罪は、元刑事「わたし」の推理により解決へ向かったかに見えたが、白井は本作で周到な罠を仕掛ける。読者はまたも多重推理の罠にかかり、熊に襲われる以上の衝撃におののくだろう。

本書は文庫オリジナルです。
作中に登場する人物、団体名は全て架空のものです。

双葉文庫

あ-39-07

斬新《ざんしん》 THE どんでん返《がえ》し

2023年4月15日　第1刷発行

【著者】

芦沢央《あしざわよう》　阿津川辰海《あつかわたつみ》　伊吹亜門《いぶきあもん》

斜線堂有紀《しゃせんどうゆうき》　白井智之《しらいともゆき》

【発行者】
箕浦克史
【発行所】
株式会社双葉社
〒162-8540 東京都新宿区東五軒町3番28号
［電話］03-5261-4818（営業部）　03-5261-4831（編集部）
www.futabasha.co.jp（双葉社の書籍・コミックが買えます）
【印刷所】
大日本印刷株式会社
【製本所】
大日本印刷株式会社
【カバー印刷】
株式会社久栄社
【DTP】
株式会社ビーワークス

【フォーマット・デザイン】
日下潤一

ISBN978-4-575-52657-8 C0193
Printed in Japan